KB123989

로크미디어가
유혹하는
재미있는 세상

ROK
MEDIA
로크미디어

이것이 법이다

이것이 법이다 113

2021년 6월 4일 초판 1쇄 인쇄
2021년 6월 9일 초판 1쇄 발행

지은이 자카예프
발행인 김정수 강준규

기획 이기헌 왕소현 박경무 강민구
책임편집 최전경
마케팅지원 배진경 임혜솔 송지유 이영선

발행처 (주)로크미디어
출판등록 2003년 3월 24일
주소 서울시 마포구 성암로 330 DMC첨단산업센터 318호
Tel (02)3273-5135 **편집** 070-7863-8592 **Fax** (02)3273-5134
홈페이지 rokmedia.com **E-mail** rokmedia@empas.com

ⓒ 자카예프, 2015

값 8,000원

ISBN 979-11-354-8916-7 (113권)
ISBN 979-11-255-9575-5 04810 (세트)

이것이 법이다

113

자카예프 장편소설

ROK
MEDIA
로크미디어

CONTENTS

적반하장이 역대급이네

　노형진이 알아낸 정보는 대한민국을 발칵 뒤집었다.

　"다른 곳도 아닌 성화가 끼어들었다고?"

　"정확하게는 성화가 아니라 김화자와 김두만으로 추정됩니다."

　"으음……."

　"유 회장님은 어떻게 생각하십니까? 그들이 이 정도 수작을 부릴 수 있다고 생각하십니까?"

　"아마도."

　유민택은 긴 한숨을 내쉬며 말했다.

　물론 일반적인 사람들이라면 불가능할지도 모른다.

　하지만 일반적인 사람이 아니라면?

그러면 이야기는 또 다르다.

"부자는 망해도 삼대는 간다는 이야기가 있지."

그들이 몰래 빼돌린 재산이 그만큼 많다는 거다.

재산을 빼돌리기 힘든 과거에도 그런 말이 있었다.

그런데 성화 같은 대기업의 회장?

아마 삼대가 아니라 삼십 대도 먹고살 수 있을 것이다.

"인간이 생각하는 건 비슷하니 말일세."

"성화가 재산을 엄청나게 빼돌렸으리라고 생각하시는군
요."

"그러고도 남지. 그놈들, 막판에는 직원들에게 월급도 주
지 않으면서 버텼네."

혀를 끌끌 차는 유민택.

"결국 이길 수 없다고 생각하면 누군들 현금을 빼돌릴 생
각부터 하지 않겠나? 더군다나 성화쯤 되면 애초에 알게 모
르게 돈을 많이 빼돌려 놨을 테고."

"얼마쯤으로 생각하십니까?"

"글쎄, 한 3조 이상은 될 걸세."

"3조요?"

노형진은 기가 막혔다.

3조라니. 만일 막판에 그 돈을 싸움에 쏟아부었다면 성화
는 살아남았을지도 모른다.

"대기업 회장들은 다 그렇지. 현실적으로 말하면 말이야,

대기업 회장이 목에 힘주고 다니기는 하지만 결국 대기업은 주식회사란 말이지."

자기 경영권을 지키기 위해 노력하지만 결국 빼앗기는 순간 남의 회사가 된다는 거다.

"그러니 알게 모르게 빼돌리는 게 당연하다고 생각하지."

"그게 무려 3조라고요?"

"다른 곳도 아닌 성화야. 그러지 않았을 거라 생각하나?"

노형진은 쓸쓸한 미소를 지었다.

성화는 대놓고 협작질을 하고 뇌물을 뿌리던 놈들이다.

두한이 은밀하게 움직인다면 성화는 대놓고 움직이던 놈들이다.

"하긴, 그런 놈들이 재산을 빼돌리지 않았을 리가 없겠네요."

"그래. 3조? 사실 그것도 최소한으로 잡은 거야."

혀를 끌끌 차는 유민택.

"확실히 그 돈이면 한국을 뒤집을 수 있겠네요."

중국의 인건비는 무척이나 싸다.

특히나 폭력 조직은 더더욱 싼 편이다.

가서 깽판 치고 잠수함으로 날라 대면 사실상 대한민국 정부는 막을 방법이 없다.

"하지만 아무리 성화라지만 왜 이렇게까지 하는 거지? 애초에 3조면 진짜 호화롭게 살 수 있는 돈이야. 그런데 이렇게까지 한다고?"

"하고도 남지요. 이 작전은 잘해 봐야 5천억도 안 들 겁니다."

하지만 그 5천억의 효과는 대단하다.

한국의 사법 시스템이 붕괴되는 건 순식간이다.

"그러면 두 사람은 힘을 키워서 한국에 복수할 수 있게 되지요. 그 가치가 5천억만 하겠습니까?"

눈을 찡그리는 유민택.

하긴, 한국의 암흑가를 손에 넣고 휘두르게 되면 어지간한 대기업만큼 돈을 벌게 될 것이다.

"아예 그쪽으로 나가기로 결심했다 이건가?"

"그럴 겁니다. 그게 아니라면 다른 이유가 없습니다. 사법 시스템이 붕괴되면 결국 폭력 조직을 컨트롤할 수 없게 됩니다. 그리고 그들은 대놓고 무기를 쓰고 있습니다. 지금이야 권총이나 소총 정도지만, 저격용 라이플이나 폭탄을 쓰면 어떻게 되겠습니까?"

"하……."

유민택은 어렵지 않게 알 수 있었다.

그 대상이 아마도 경찰이나 검찰은 아닐 것이다. 정치인들, 국회의원들. 그들이 대상이 될 것이다.

막말로 잠수함으로 RPG-7을 들여와서 출근하는 회장님 차량 앞뒤를 급정거로 막아 버린 후에 쏴 버리면?

"제대로 지배를 못 하겠으니 폭력으로 한국을 지배하겠다 이거군."

"맞습니다. 더군다나 한국은 그런 공격에 무척이나 약하니까요."

신념을 가진 사람들은 대부분 퇴출된 상황이다.

남은 자들이 과연 자기 목숨을 걸고 싸울까?

"아마도 그들은 자기 목숨과 이권만 보장해 준다면 김화자와 김두만을 편들어 줄 가능성이 높습니다."

유민택은 노형진의 말을 부정할 수가 없었다.

그 말이 사실이니까.

"그러면 어쩔 생각인가? 자네가 보기에는 이 상황에서 그 두 사람을 잡는 게 가능하겠나?"

"가능할 리가 없지요."

그들은 철저하게 숨어 있다.

심지어 노형진이 읽어 낸 기억에도 관련 정보는 없었다.

더군다나 그들이 한국도 아닌 다른 나라에 있다면 한국으로서는 그들을 어찌할 방법이 없다.

"사실상 내란죄인데."

"이게 참 애매하죠."

명백하게 내란이지만 이들은 군사 집단이 아니라 범죄 집단이다. 그러니 내란으로 몰아갈 수도 없다.

물론 하려면 할 수는 있다.

"하지만 그런다고 해서 뭐가 바뀌는 건 아니지요."

지금 한국의 사법 시스템이 급속도로 굳어 가는 것은 사실이다.

특히나 중국인들이 많이 사는 지역들은 경찰들이 너도나도 그만두고 있어서 아예 경찰 자체가 존재하지도 않는 지경이다.

"군을 이용해서 잠수함을 찾아낼 수 있지 않을까?"

"일단 정부에 해당 정보를 줬으니 시도야 하겠지만……."

노형진은 혀를 끌끌 찼다.

잠수함을 찾아내는 건 어려운 일이다.

하물며 특정 위치도 아닌 무작위로 돌아다니는 잠수함을 찾는 건 아무리 군부대라고 해도 쉽지 않다.

"그렇게 쉬웠다면 미군이 갱단의 잠수함을 찾아내지 못하지도 않겠죠."

"끄응, 그건 그렇군. 그나저나 정부도 정부지만 우리가 문제군."

"그래서 제가 다급하게 온 겁니다."

정부와 다른 기업들이 김화자와 김두만의 원한을 산 건, 받아 처먹을 건 다 처먹고 성화가 위험해지자 도와주는 대신에 같이 덤벼서 찢어 먹었기 때문이다.

그에 반해 대룡은 성화의 몰락의 가장 직접적인 원인이며 그들에게는 철천지원수다.

"그들이 대룡에 직접적으로 테러를 가할 가능성도 있습니다."

"후우."

한국은 상대적으로 테러에서 안전한 나라로 분류되어 있다.

그 때문에 테러 방지 대책이 별로 없다.

물론 세계적인 테러리스트라면 미국과 정보를 공유하지만, 중국에서 오는 범죄자나 용병을 추적하는 건 쉽지 않다.

실제로 외국인 살인 사건이 터지면 경찰이 가장 먼저 하는 말이 포기하라는 거다.

외국인 지문 날인제가 사라진 후에 추적할 방법은 거의 없다시피 하니까.

하물며 등록된 외국인도 그 지경인데, 잠수함으로 나르는 범죄자들이라고 하면 추적은 불가능하다.

"일단 회사의 경비 인력을 늘리고 출입자를 확실하게 확인하겠네. 그 정도만 해도 회사나 공장에 대한 방어는 어느 정도 가능할 거야."

"그러면 저도 좋겠습니다만······."

노형진이 막 다른 말을 하려고 하는 순간 갑자기 문이 벌컥 열렸다.

"회, 회장님! 큰일 났습니다!"

"큰일? 무슨 큰일?"

"장수에 있는 우리 공장이 테러를 당했답니다!"

노형진과 유민택은 벌떡 일어날 수밖에 없었다.

⚖️

"이런 미친 새끼들."

노형진와 유민택은 헬기를 타고 다급하게 현장으로 갔다.

그리고 그곳에 도착했을 때, 그들은 혀를 내두를 수밖에 없었다.

"이거 복구하는 데 얼마나 걸린다고 하나?"

"못해도 한 달은 걸릴 거라고 합니다."

"못해도 한 달?"

"네."

"장난하는 건가?"

"죄, 죄송합니다."

쩔쩔매는 담당자와 화가 나서 분노를 삭이지 못하는 유민택.

노형진은 그런 그를 진정시켰다.

"이건 공장 담당 직원 잘못이 아닙니다. 김두만이 많이 연구했네요."

노형진은 당연히 테러가 공장에 직접적으로 벌어질 거라 생각했다.

그런데 그게 아니었다.

"송전탑을 노릴 줄이야. 허."

전기를 발전소에서 공장이나 도시로 보내기 위해서는 전선을 설치해야 한다.

그런데 일반 전신주는 전선을 타고 흐르는 전기의 양을 감당할 수 없기 때문에 거대한 송전탑을 이용해서 도시 주변으로 전기를 옮긴 다음 변전소를 통해 도시나 공장에 공급하고 있다.

그런데 이 송전탑이라는 것이 알게 모르게 사람들의 몸에 좋지 못하다는 말이 많기 때문에, 대부분의 경우 사람이 없는 곳에 설치한다.

즉, 산속에 설치한다는 말이다.

당연히 간단한 CCTV가 유일한 보안 장치다.

그나마도 누군가가 계속 살피는 것도 아니고, 사건 발생 이후의 추적용일 뿐이다.

"이 미친 새끼들이."

"김두만과 김화자의 목적이 한국이라면 실로 효율적인 표적이죠."

테러범들은 대룡의 공장과 그 주변 도시의 송전탑을 날려 버렸다.

그것도 한 개도 아닌 무려 세 개를 날려 버렸다.

다른 곳에서 우회해 보내는 걸 막기 위해 인근의 모든 송전탑을 날려 버렸기 때문에, 공장과 주변 도시는 전기가 없는 암흑 시대로 돌아가 버렸다.

"이러면 보험도 못 받거든요."

물건 자체가 날아간 게 아니라 전기가 끊긴 것뿐이니 공장에서 가입한 보험도 소용이 없다.

하지만 결국 계약을 못 지키게 되니까 대룡 입장에서는 막대한 돈을 손해배상으로 내야 한다.

"그리고 빛이 없으면 사람들은 공포에 빠지게 되지요."

"그게 무슨 소리인가?"

"단순히 공장만 노린 게 아니라는 겁니다."

공장과 그 주변 도시의 전기가 모조리 끊긴다.

전기가 끊기면 도시가 패닉에 빠지면서 약탈이나 절도가 늘어나는 건 당연한 일이다.

"거기에다가 중국인들을 밀어 넣어도 잡는 건 불가능합니다. CCTV가 작동하지 않을 테니까요."

"……!"

유민택은 눈을 크게 떴다. 그게 의미하는 건 하나뿐이니까.

"그놈들이 나라를 제대로 뒤집을 생각이란 건가?"

"전에도 말씀드렸다시피, 잘되게 하는 건 힘듭니다. 하지만 뭔가를 못되게 하는 건 쉽지요. 미다스가 왜 공포의 대상으로 각인되었는지 생각해 보십시오."

"크음……."

미다스는 상대방을 잡아먹거나 그와 싸워서 이권을 챙기려고 하는 게 아니다.

상대방에게 무조건적인 파멸만을 요구하는 방식으로 싸운다.

상대방의 이권에 관심도 없기에, 그걸 유지하기 위해 머리를 쓸 필요도 없다.

그렇기에 대응책도 한정적이다.

"지금 저놈들이 딱 그 방법을 쓰는 것 같네요."

한국에서 권력을 잡으려는 게 아니다.

어떻게든 조금이라도 더 피해를 입히겠다는, 한국에 엿을 먹이겠다는 목적하에 움직이는 김화자와 김두만.

"그런 경우에는 대응책이 마땅치 않지요."

전국에 있는 대형 송전탑의 숫자가 얼마나 많은가?

그걸 지키기 위해서는 사람을 배치해야 한다.

그런데 그 인원은 어떻게 감당할 것이며, 또 거기에 배치하는 사람들의 건강 문제가 심각하게 대두될 수밖에 없다.

"군을 배치한다고 해도, 못해도 1개 소대 이상은 배치해야 합니다."

분대 단위만 해도 테러 자체는 막을 수 있겠지만 장교도 없이 배치할 수는 없는 노릇이고, 그들을 또 텐트에서 재울 수는 없는 노릇이며, 그들이 백혈병이나 암에 걸리는 경우

국방부가 막대한 소송에 휘둘릴 건 당연한 일이다.

"미친……."

노형진의 말에 유민택은 얼굴이 핼쑥해졌다.

미국이 테러로 골머리를 앓고 있는 건 익히 알고 있었지만 직접 당하기 시작하자 전혀 다른 느낌이었다.

"자네에게 이 문제를 해결할 방법이 있나?"

"글쎄요."

노형진은 턱을 문질렀다.

"하지만 해결책을 찾기는 해야겠네요."

머지않아 자신이 표적이 되리라는 것쯤은 알고 있었기에, 조용히 당하고만 있을 생각은 없었다.

⚖

"어떻게, 알아봤어?"

"김화자가 멕시코로 들어간 것까지만 추적돼."

"역시나 그렇게 되는군."

김두만은 중국에서 실종, 김화자는 멕시코에서 실종되었다.

범죄의 희생자가 되었다기보다는 그 둘이 음모를 짜고 잠수했다고 봐야 할 것이다.

"김화자가 멕시코 스타일의 범죄를 김두만에게 알려 줬을 거야. 뭐, 영화에서처럼 교육단이라도 파견했을지 모르지."

그리고 중국 갱단은 그 범죄 방식을 한국에서 적용하면서 무섭게 성장하고 있다.

"안쪽 상황은 어때?"

"극단적으로 갈라지고 있어."

일부는 싸워서 이겨야 한다고 주장하고 있지만, 다른 일부는 꼬리를 말고 잠수하거나 눈치만 살피고 있다.

"솔직하게 말하면? 대부분 꼬리 마는 분위기야."

"벌써?"

노형진은 눈을 찌푸렸다.

사건이 터지기 시작한 지 채 한 달도 안 되었다. 그런데 벌써부터 꼬리를 말고 도망친다?

"테러 대상이 명백하게 갈라지기 시작했어."

"테러 대상이?"

"그래. 주전파 쪽이라고 해야 하나? 하여간 그쪽 애들 위주로 테러가 쏠리기 시작했어."

"허."

노형진은 헛웃음이 나왔다.

그 말이 의미하는 건 하나뿐이니까.

"이미 몇몇은 프락치가 되었다는 소리네."

누가 주전파인지, 테러 단체는 알 수가 없다.

그럼에도 불구하고 그런 사람들이 주요 표적이 된다는 건 누군가 그들에 대해 알려 준다는 건데, 그걸 알려 줄 수 있는 사람은 내부자들뿐이다.

"부평경찰서 강력반은 깡그리 날아갔다."

"그건 또 뭔 소리야?"

"강력 사건이 터져서 출동했거든."

공사 중인 빈 건물에서 시체 3구가 발견되어 강력반이 출동했다.

그런데 다들 그 현장에 집중하고 있을 때 아래층에 매설된 폭탄이 터지면서 강력반 그리고 그곳에 있던 과학수사 팀과 검시관까지 모조리 죽었다고 한다.

"뭐? 아니, 그게 왜 뉴스에 안 나와?"

"이런 판국에 나오게 생겼냐?"

그렇잖아도 제대로 통제되지 않는 상황이다.

국민들의 공포는 점점 커져 가고, 사방에서 중국인들에 대한 차별이 이루어지고 있다.

중국인들은 점점 뭉치면서 한국인들에게 적대적으로 행동하고 있고, 그들을 중화영웅이 포섭하고 있는 상황.

"제대로 놀아나고 있군."

노형진은 혀를 끌끌 찼다.

하지만 방법이 없다.

지금까지 다른 나라도 이런 전략을 어떻게 막아 내지 못했는데 한국이라고 별수 있겠는가?

"전경 지원자는 바닥을 치고 있고."

"전경이 아니라 의경이라니까."

"그게 그거 아냐. 하여간."

한국의 치안 자체가 붕괴되고 있는 상황.

노형진은 침묵을 지켰다.

'역시나 제대로 확실하게 발본색원했어야 했어.'

망해서 도망간 자들이 뭘 어쩔까 하는 생각에 가만둔 것이 패착이었다.

사실 그들이 이렇게 눈깔이 돌아가서 덤빌 줄은 몰랐다.

인터넷에서는 아예 중국인들을 모조리 잡아다가 따로 수용소를 운영하자는 말이 나올 만큼 반중국 정서로 가득한 상황.

"어쩔 거야?"

"후우, 방법은 하나뿐이네."

"뭘 어쩌려고?"

"중국의 손을 빌려야지."

"중국의 손을 어떻게 빌려? 중국 애들이 그 애들을 공격할 리가 없다면서?"

이미 한국은 중국에 도움을 요청했다. 해당 범죄 조직을 소탕해 달라고 말이다.

하지만 중국은 그럴 생각이 없어 보였다.

물론 움직이는 척하면서 잔챙이 몇몇 잡아들이기는 했지만, 근본 조직은 놔두고 있다.

한국이 혼란스러울수록 중국은 유리해지니까.

"알아. 그게 중국의 전략이지. 그러니 우리도 그 전략을
따라가야지."

"뭐? 그게 무슨 소리야?"

"그들이 중화영웅을 이용하려고 한다면……."

노형진은 잔인하게 웃었다.

결국 시작된 싸움이라면 답은 나와 있다.

"우리도 중화영웅을 이용하면 되는 거야."

⚖

화교.

해외로 이주한 중국인을 뜻한다.

그들의 숫자는 어마어마해서, 1세대만 해도 전 세계적으
로 5천만 명에 육박하고, 2세대와 3세대까지 합하면 억 단위
를 가뿐하게 넘는다.

사실상 전 세계에 중국인이 없는 나라는 없다고 할 정도로
화교는 많다.

"그들을 이용합시다."

노형진은 로버트와 심각한 얼굴로 대화를 나누고 있었다.

이번 일은 심각한 문제다.

대룡이나 새론이 끼어들기에는 위험도가 너무나 높다.

"그들에게 중화영웅 사상을 퍼트리는 겁니다."

"이해가 되지 않습니다."

노형진의 말에 로버트는 고민스러운 얼굴이 되었다.

"중화영웅 사상은 위험합니다. 그렇잖아도 중국의 중화 제일주의나 화이사상은 그들을 위험하게 하는 사상 중 하나입니다."

화이사상은 쉽게 말해서 중국만이 중심이며 다른 작자들은 다 오랑캐라는 의미다.

좋게 말하면 민족주의라고 표현할 수 있지만, 솔직히 말하면 파시즘에 가깝다.

"중국이 극단적 중화사상을 교육하고 강제하는 건 알고 있지요?"

"알고 있습니다."

하나 된 중국. 그 기치 아래 소수민족을 학살하고 지방 도시를 뭉개며 중국만이 위대한 국가라고 외치고 있다.

오죽하면 중국의 대사라는 사람이 한국에 대고 '소국이 어찌 대국에 대항할 수 있겠는가.'라면서 노골적으로 무시할 정도였다.

"그리고 지금 중화영웅은 그걸 중심으로 이루어지고 있지요."

노형진은 그 부분을 정확하게 지적했다.

"전에 말했지만 중화영웅은 그 실체가 없습니다."

정확하게는 그 실체는 성화와 그 패거리 일부이며, 그들이 한국을 뒤흔들 목적으로 중화사상과 화이사상을 이용하고 있는 것이다.

"알게 모르게 한국 정부에 불만이 많았던 중국인들이 거기에 포섭되어서 일선에서 움직이고 있고요."

"그렇지요."

"전 그걸 한국만이 아니라 해외까지 퍼트릴 겁니다."

"으음……."

근심스러운 표정이 되는 로버트.

"설마 진짜 중화영웅처럼 각 지역에 있는 경찰과 검찰에 대한 무차별적인 학살이라도 하실 겁니까?"

"그럴 리가요. 그건 불가능합니다."

중화영웅이 그럴 수 있는 이유. 그건 중국인과 한국인이 외견이 비슷하기 때문이다.

하지만 유럽이나 미국 등지에서는 아시아인의 외모는 튈 수밖에 없다.

더군다나 그런 나라들은 한국과 다르게 테러를 많이 겪었기 때문에 그에 대한 대응이 잘되어 있는 편이다.

결정적으로 한국에서 지금 테러를 일으키는 놈들은 원래 한국에 있던 놈들이 아니다.

사실 한국에 있는 조선족들은 중화영웅의 이름을 빌려서 자기 욕심을 채우고 모방 범죄를 할 뿐이지, 그들이 직접적으로 정부를 공격할 이유는 없다.

즉, 진짜 테러범은 김화자와 김두만이 잠수함을 이용해서 보낸 사람들이라는 거다.

"그런데 현실적으로 그들을 유럽이나 그쪽으로 보내는 건 불가능하지요."

김두만과 김화자가 그쪽으로 보낼 이유는 없으니까.

"하지만 나라면 가능합니다."

한국에는 극렬 중화 주의자가 있다.

그들은 지금도 중화영웅을 물고 빨며 그들의 사상이야말로 뛰어난 사상이라고 외치고 있다.

만일 그들을 이끄는 놈들이 한국인이라는 사실을 알면 어이가 없겠지만 말이다.

"중요한 건, 그들을 이용해서 반중화사상을 일으킬 수 있다는 거지요."

노형진은 씩 웃었다.

"비밀리에 자금을 돌리세요. 한국에 있는 놈들을 포섭해서 세계 각국으로 보냅시다."

"하지만 가려고 할까요?"

"가려고 할 겁니다. 그들은 중화영웅의 진짜 실체를 모르죠. 그러니까 우리가 중화영웅이라고 접근하면 그만입니다."

그리고 거기에 적절한 보상만 따른다면 그들은 당연히 각 나라로 갈 것이다.

"그리고 그때부터 중화영웅의 사냥이 시작될 겁니다."

"하지만 시간이 좀 오래 걸릴 텐데요. 일단 한국 문제를 해결해야 하지 않습니까? 한국에서 벌어지는 무차별적인 학살을 막아야 뭐든 할 수 있을 겁니다. 이런 상황이라면 조만간 한국의 사법 시스템은 붕괴됩니다."

"압니다. 그러니 임시로라도 막아 놔야지요. 그리고 그걸 할 수 있는 가장 확실한 방법이 있지요."

노형진은 긴 한숨을 쉬며 말했다.

"공포는 공포로 물리치는 법입니다."

⚖

노형진은 유민택과 만나서 해결책을 이야기했다.

그 해결책은 간단했다.

바로 돈.

"전 세계에서 돈에 가장 밝은 민족을 꼽으라면 세 민족을 들 수 있지요. 하나는 한국인, 다른 하나는 유태인, 다른 하나는 중국인."

그중 유태인은 도구로써의 돈에 집착하고, 한국인은 힘으로써의 돈에 집착하며, 중국인은 돈 그 자체에 집착한다고 한다.

"웃긴 일이지만 바로 그렇기에 중국에 공산주의와 자본주의가 공존할 수 있는 것입니다."

애초에 정치적 이념으로 본다면 공산주의와 자본주의는 정반대되는 말이기 때문에 공존할 수가 없다.

마치 자석의 S극과 N극 같다고 볼 수 있다.

개개인에게 자유를 주고 그들의 행동을 돈으로 가치를 매기는 자본주의. 반대로 집단으로서의 인간에게 집중하고 집단의 자산만 인정하는 공산주의.

그러나 중국은 그 막대한 돈에 대한 욕심으로 시스템은 공산주의를, 돈은 자본주의를 따르고 있다.

"그래서 하고 싶은 말이 뭔가?"

"일단 우리가 할 일은 중국인들 사이에 숨어 있는 중화영웅을 찾아내는 겁니다."

"그게 가능할 리가 없잖나? 이미 경찰에서도 노력하고 있네."

노형진은 씩 웃었다.

경찰과 검찰이 노력하고 있는 건 맞다.

하지만 아무런 효과도 없다.

그럴 수밖에 없는 게, 중화영웅이라는 존재 자체가 사실 실체가 거의 없다시피 하니까.

"중요한 건 그게 아니죠. 중화영웅은 실체를 추적할 수 없습니다. 즉, 누구인지 알 수가 없다는 거죠."

"그래서?"

"그래서는 무슨 그래서입니까? 돈이라는 거지요."

"돈?"

"그렇습니다."

노형진은 어깨를 으쓱하며 말했다.

"중국인들은 돈을 좋아하지요. 아주 사랑합니다. 돈을 위해서는 물불을 가리지 않지요."

"그래서?"

"그러니 우리가 현상금을 거는 겁니다."

"으음, 효과가 있을까?"

"정부처럼 자잘하게 건다면 의미가 없겠지요."

정부에서는 중화영웅의 조직원이나 핵심 정보를 알려 주는 사람에게 500만 원을 준다고 현상금을 내걸었다.

그렇지만 중화영웅은 폭탄과 총기까지 사용해서 살인하는 놈들이다. 과연 고작 500만 원에 목숨 걸고 신고하는 사람이 있을까?

애초에 특정도 못 할 텐데.

"지금까지 드러난 대부분의 사건은 중화영웅이라는 이름을 이용한 보복 범죄입니다."

중화영웅이라는 이름하에 벌어진 범죄. 어찌어찌 수사해서 범인을 잡아 보면 보통은 그 이름을 이용해서 죄를 감추려는 보복 범죄가 대부분이었다.

하지만 중화영웅이라는 이름이 사용되었다는 그 점 때문에 추적도 쉽지 않았고, 지역 특성상 조사는 더더욱 힘들었다.

"그러니 우리도 중화영웅을 이용하는 겁니다."

"그래서 중화영웅에게 현상금을 걸자?"

"반대죠."

"뭐? 반대?"

노형진의 말에 유민택은 어리둥절해졌다.

"사실 중국인 범죄 조직이 중화영웅만 있는 건 아니지 않습니까?"

"음?"

"중국인 범죄 조직은 그들만 있는 게 아닙니다. 도리어 기존에 있던 세력 중에는 토착 폭력 조직이 더 많지요."

중화영웅은 한국 정부에 반기를 들면서 싸움을 시작했고, 그래서 그들에게 지지를 받고 있다. 그리고 그들이 중화영웅의 이름을 빌려 가면서 범죄를 은폐한다고 노형진은 설명해 줬다.

"그러니 반대로 우리가 중화영웅의 이름으로 그들에게 현상금을 거는 겁니다."

"그게 무슨 소리인가?"

"암흑가라는 게 뻔하죠."

서로 의리를 이야기하고 동맹을 이야기하지만 제일 중요한 건 이권이다.

하물며 중국인이라면 형제보다 돈을 우선시하는 놈들이다.

"지금까지 기존 세력이 중화영웅을 물고 빤 건 자기 자리를 넘보지 않았기 때문입니다."

그저 이름만 빌려주고 그 책임도 져 주는 일종의 탱커가 바로 중화영웅이었고, 범죄 조직은 그걸 기꺼이 이용했다.

"하지만 그 반대가 되면 이야기가 달라지지요."

노형진은 씩 웃었다.

"자기 영역을 넘보는 놈들을 가만두는 폭력 조직은 없으니까요. 이참에 한국 청소 한번 하죠, 후후후."

⚖

사실 중국 폭력 조직의 계보는 대부분의 경찰이 알고 있다.

다만 여러 가지 이유로 제대로 대처하지 못할 뿐이다.

가장 큰 이유는 다름 아닌 법률적 과정의 문제다.

서로가 서로를 견제하는 시스템상 경찰이 수사해서 넘겨도 검찰이 무시하고, 검찰이 넘겨도 법원은 법적인 해석 안에서만 처벌하려고 한다.

물론 그게 정상이다.

그러나 중화영웅은 그게 무너지기를 바랐고 실제로 무너졌다.

하지만 그 때문에 이런 문제가 벌어질 줄은 아무도 몰랐다.

"뭐야?"

하지오는 귀를 의심했다.

"중화영웅이 우리 조직에 현상금을 걸었습니다. 수뇌부의 위치를 알려 주는 놈에게 3천만 원, 우리의 목을 따 가지고 오면 3억입니다. 우리를 제보하는 놈들에게도 돈을 주겠답니다. 그리고 일망타진할 수 있게 도움을 주면 현상금으로 50억을 주겠다고 했답니다."

"뭐라고? 이런 미친 새끼들!"

지금까지 중화영웅을 잘 팔아서 사건들을 은닉하고 있던 하지오는 눈을 크게 떴다.

"이유가 뭔데? 갑자기 그러는 이유가 있을 거 아냐!"

"자신들과 관련이 없는 우리가 자기네 이름을 팔아서 범죄를 은닉하는 것은 자신들을 모욕하는 행동이라고, 우리에게 선전포고를 해 왔습니다."

"이런 미친 새끼들!"

"따꺼! 상황이 좋지 않습니다. 지금 알게 모르게 우리를 감시하는 놈들이 많습니다."

"아니, 갑자기 그러는 이유가 뭐야?"

중화영웅은 대한민국 정부에 대혼란을 야기했다.

그 후 이들은 중화영웅의 이름을 팔아서 사이가 좋지 않던 경찰과 검찰을 습격했고, 그 덕분에 세력을 키우는 데 성공했다.

"이놈들이 미친 거 아냐?"

"보복해야 합니다, 따꺼!"

"보복이라…… 끄응……. 이 새끼들에게 어떻게 보복을 하지?"

고개를 갸웃하는 그때였다.

갑자기 창문으로 뭔가가 날아들었다.

"이게 뭔……?"

그 순간 '펑!' 하는 소리와 함께 온 세상이 빛으로 가득 찼다.

"끄아아악!"

안에 있던 중국계 조폭들은 눈을 부여잡고 바닥을 나뒹굴었다.

그와 동시에 창문을 깨면서 경찰 특공대가 안으로 뛰어들었고, 문이 박살이 나면서 그쪽으로도 경찰들이 몰려들었다.

"저 새끼 잡아!"

"놔! 놓으라고, 이 새끼들아!"

정신을 차린 조폭들이 저항하려고 했지만 이미 떼로 몰려든 경찰들은 그들을 제압하고 있었다.

"뭐라고?"

이것이 법이다

"사실을 말하라고, 이 새끼들아! 너희들이 중화영웅이 지?"

"아니, 우리는 중화영웅이 아닙니다!"

"이미 제보 다 들어왔어, 이 씨발 새끼들!"

눈이 벌게진 경찰과 검찰은 폭력 조직을 족쳤다.

물론 당하는 폭력 조직 입장에서는 미치고 환장할 노릇일 것이다.

"우리는 중화영웅이 아니라니까요!"

"이미 알아, 이 새끼들아! 부평경찰서 살해 사건, 너희들이 한 거 맞지!"

"아니라니까요!"

"웃기고 자빠졌네."

하지오는 말문이 턱턱 막혔다.

물론 부평경찰서 사건은 그들이 한 게 맞기는 하다.

부평경찰서에서 그들을 잡으려고 혈안이 되어 있었기에 중화영웅이라는 가면을 쓰고 적당히 처리한 것이다.

그러나 부평경찰서 사건을 그들이 한 것과 그들이 중화영웅이 되는 건 전혀 다른 문제다.

부평경찰서 사건이야 한 건의 살인 사건이지만 중화영웅은 이미 한국의 주적이다.

바보가 아닌 이상에야 잡히는 순간 사형은 빼도 박도 못하고, 수십 년간 사형을 진행하지 않은 한국 정부에서조차 사형

집행을 대놓고 언급할 정도로 제대로 빠쳐 있는 상황이다.

"아니라니까요!"

"아니긴 뭐가 아니야, 이 새끼들아! 너희들이 중화영웅인 거 이미 다 파다하게 소문났어!"

"그건……."

"이 새끼들, 두고 보자."

이를 박박 갈면서 그들을 유치장에 처넣은 경찰들.

그리고 같은 유치장에 들어온 중국계 조직원들은 심각한 표정으로 이야기를 나눌 수밖에 없었다.

"어떻게 생각해?"

"이거 분명 중화영웅 그 새끼들 소행입니다. 그 새끼들이 우리를 담그려고 현상금까지 걸지 않았습니까?"

"아니, 왜?"

"뻔한 거 아닙니까? 그 새끼들이 한국을 다 먹으려는 속셈이겠죠!"

한국의 어둠의 세계는 생각보다 돈이 된다.

중국처럼 규모가 큰 것은 아니지만 어떤 면에서는 훨씬 안전하다.

중국은 여차하면 중국 공안에게 끌려가서 교도소에서 장기가 적출되어 팔려 나가지만, 한국은 사람을 죽여도 기껏해야 5년이다.

조폭 생활하기에는 천국 같은 곳이고, 중국은 민간인을 아무리 족쳐 봐야 10만 원도 갈취하기 힘들지만 여기는 1천만 원 이상 땡길 수 있다.

실제로 이들도 전에 있던 조직을 담그고 지역을 차지했고, 마찬가지로 이들을 담그고 지역을 차지하려고 하는 놈들은 넘치고 넘쳤다.

"지금 중화영웅은 한국을 통째로 집어삼키려 하고 있습니다. 우리 구역을 먹으려고 덤비는 건 어쩌면 당연한 겁니다."

"씨발. 중화영웅 이 새끼들은 도대체 뭐야?"

"저도 잘 모르겠습니다. 하지만 이건 중요한 문제입니다. 본국에서도 이놈들에 대해서는 전혀 정보가 없습니다."

"일단 변호사를 붙여서 여기서 나가고⋯⋯. 딸락아."

"네, 형님."

"이번에는 네가 고생 좀 해 줘야겠다."

딸락이라고 불린 남자의 얼굴이 똥 씹은 듯 일그러졌다.

그럴 수밖에 없는 게, 일이 이렇게 된 이상 경찰을 습격한 건 그가 책임지고 빵에 갔다 오라는 소리였으니까.

"형님, 그건⋯⋯."

평소에도 이런 문제에 대해서는 심각하게 대하는 게 경찰과 검찰이다.

그런데 지금은 단순히 심각한 문제가 아니다.

눈에 불을 켜고 족치려고 난리 법석이다.

전에는 5년이면 나올 수 있었을지 몰라도 지금은 못해도

10년은 살아야 한다.

"본국에 있는 가족들을 생각해야 하지 않냐."

딸락이라 불린 남자는 결국 고개를 숙였다.

만일 거부한다면 본국의 가족들을 죽이겠다는 협박이니까.

"좋게 생각해라. 어차피 한 번은 겪어야 하는 일이다."

"알겠습니다, 형님."

딸락이 고개를 끄덕거리자 하지오는 다른 사람들을 바라보았다.

"누구든 좋다. 나가자마자 중화영웅에 관련된 모든 정보를 모아. 그 새끼들이 다시는 깝치지 못하게!"

"네, 따꺼!"

"망할 놈들, 꼭 잡고 만다."

이를 빠드득 가는 하지오.

하지만 그들은 이 모든 게 노형진의 함정이라고는 생각도 못 했다.

그리고 노형진이 건드린 조직이 자기들만이라는 것 또한, 꿈에도 몰랐다.

쾅!

이것이 법이다

회의실, 그곳에는 각 기업의 대표들이 다급한 표정으로 모여 있었다.

"이 말을 어떻게 받아들일 겁니까?"

"이놈들이 우리를 만만하게 봐도 유분수지."

"이대로 당할 겁니까?"

각 기업들의 대표는 다급하게 경제인 모임을 가졌다.

보통은 이렇게 급박하게 경제인 모임을 가지지 않는다.

하지만 상대방이 문제였다.

"그들이 요구한 돈이 얼마인가요?"

"비트코인으로 각 기업당 1조 원 정도입니다."

"미친놈들이군."

각 기업에 날아온 협박장.

대룡처럼 당하기 싫으면 비트코인으로 기업당 1조의 돈을 내놓으라는 것이었다.

비트코인은 현재 추적이 불가능해서 어둠의 세계에서 통용되고 있었고, 그 때문에 조금씩 가격이 오르고 있었다.

특히나 노형진 덕분에 윗선에 널리 알려진 비트코인이었다.

"이게 말이나 된다고 생각합니까? 장난일까요?"

"장난? 지금 이게 장난으로 보입니까!"

유민택은 발끈하며 화를 냈다.

그럴 수밖에 없다. 가장 먼저 피해를 입은 사람이 바로 그

였으니까!

"지금 공장 전기가 끊어지면서 한 달 반을 멈추게 생겼습니다! 한 달 반을요! 이게 장난으로 할 일입니까? 요즘 범죄자 새끼들은 장난으로 국가 기간 시설을 폭탄으로 날려 버린답니까?"

"으음......."

떨떠름한 표정이 되는 사람들.

"이건 우리 한국 경제에 치명적인 문제가 될 겁니다. 우리 대룡뿐만 아니라 다른 기업도요. 만일 다른 고압전선이 끊어지면 그 공장은 어쩔 겁니까?"

"......"

한국은 산업용 전기 요금이 싸다.

그래서 대부분의 공장이 산업용 전기로 돌아가도록 설계되어 있다.

반대로 말하면 이번에 대룡이 당한 것처럼 고압전선을 폭발시켜 버리면 어떤 공장이든 어떤 도시든 먹통이 될 수밖에 없다는 뜻이다.

"이 새끼들은 한 곳만 날린 게 아닙니다. 우회 공급을 막기 위해 도시로 들어오는 모든 고압전선을 폭파시켰어요!"

유민택이 화를 내자 다들 어쩔 줄 몰라 했다.

하긴, 자기들 같아도 눈이 돌아갈 것이다.

"그래 놓고 우리한테 돈을 달라고 합니다. 그러지 않으면 공장을 날려 버리겠다면서요. 이거 어쩔 겁니까? 줄 겁니까?"

"줄 수는 없지요."

이 순간만큼은 이상주도 유민택의 편을 들어 줄 수밖에 없었다.

"한번 들어주기 시작하면 끝이 없을 겁니다. 지금 한 기업당 1조입니다. 그놈들이 그 돈을 받고 깨끗하게 손을 털까요? 나라를 뒤집을 각오를 하고 경찰이고 검찰이고 싹 다 죽이는 새끼들인데!"

"그건 그렇군요."

"분명 이놈들, 나중에는 돈을 더 달라고 할 겁니다. 애초에 그게 테러범들 아닙니까?"

"그건 그렇지요."

각 기업의 회장들은 고개를 끄덕거렸다.

역사적으로 봐도, 협박으로 이득을 얻은 놈들은 또 협박하는 게 보통이었다.

"지금 우리가 돈을 주면 그 돈으로 무장할 테고, 우리는 더 위험해질 겁니다. 그 돈으로 트럭에 폭탄을 채워서 돌진할지 누가 압니까?"

"설마 그렇게까지……."

"지금 길바닥에서 죽어 가는 검사, 판사는 뭐 그렇게 될 줄 알고 검사, 판사가 되었답니까?"

고작 폭력 조직이 자신들을 학살할 거라 생각하지 못한 검사들과 판사들은 자기들을 지켜 달라고 경호 인력을 요구하고, 중화영웅은 소총을 이용해서 경호하던 인력까지 살해하면서 일을 키우고 있었다.

"이대로 당하기 싫으면 우리도 무슨 해결책을 만들어야 합니다. 그러지 않으면 우리 모두 그놈들에게 질질 끌려갈 겁니다."

"흠……."

다들 조용히 침묵을 지켰다.

'재벌가들이 어떤 놈들인데.'

노형진은 재벌가에는 그들이 노리는 게 대룡이라고 이야기하지 않았다.

그 대신에 재벌가에 비트코인으로 돈을 내놓으라고 협박했다.

결국 대룡이 당한 일은 일종의 보복이 아니라 본보기로 보이도록 바꾸었고, 그 때문에 다음번에 자신들이 당할까 두려워 기업들은 눈을 데굴데굴 굴릴 수밖에 없었다.

"현실적으로 말하면 우리가 할 수 있는 일이 많지는 않습니다."

누군가의 말에 유민택이 코웃음을 쳤다.

"고작 중국 놈들 때문에 우리가 이래야 합니까?"

"하지만 검찰과 판사도 아무것도 못하고 있는데……."

"우리가 언제 그들의 눈치를 봤습니까?"

대통령도 필요하면 개무시하는 게 재벌가 인간들이다.

그런데 그들이 사법부가 어쩔 줄 몰라 한다고 해서 아무것도 못 한다?

"10억."

"뭘 말입니까?"

"중화영웅에 대한 현상금입니다. 우리 대룡에서 따로 걸도록 하지요. 우리를 건드린 놈들을 가만 두고 볼 수는 없지 않습니까?"

"10억이라……."

다들 잠깐 침묵을 지켰다.

"그러면 우리도 걸도록 하지요."

누군가의 말.

재벌가에게 중요한 건 돈이 아니라 자존심이다.

그리고 이들은 안다, 여기서 한번 물러나면 다음에 또다시 같은 일이 벌어진다는 걸.

"중화영웅에 대한 결정적 제보를 하는 사람에게 돈을 내주도록 하지."

한두 명씩 그렇게 돈을 내겠다고 했고, 유민택은 그걸 보고 미소를 지었다.

⚖️

"이게 무슨 말도 안 되는 개소리야!"

노형진의 마수는 대기업에만 뻗어 간 것이 아니었다.

작은 중소기업, 특히나 중국인들이 일하는 기업에는 여지없이 해당 메일이 날아왔다.

"중국인 노동자에게 줄 임금의 30%를 무조건 중화영웅에 상납금으로 내놓으라고?"

"사장님, 이건 말도 안 됩니다!"

당연히 그 협박에 가장 발끈한 건 다름 아닌 중국인 노동자들이다.

이곳에서 일하는 노동자들은 불법 밀입국을 하거나 한 게 아니라 정당하게 취업 비자로 온 사람들이다.

당연히 그들이 일해서 번 돈은 그들이 가지고 가야 한다.

그런데 갑자기 중화영웅에서 협박이 날아왔다.

"으음……."

하지만 정작 사장은 곤혹스러운 얼굴이었다.

"미안하네만…… 우리는 어쩔 수가 없어."

"네? 아니, 사장님!"

중국인 근로자 대표는 발끈해서 외쳤다.

자기 돈을 왜 남한테 준단 말인가?

그러나 대표 입장에서는 어쩔 수가 없었다.

"자네, 얼마 전에 뉴스도 못 봤나? 대룡의 공장이 습격받았어. 송전탑이 무너지면서 무려 한 달 반을 놀게 생겼네. 무려 한 달 반이야. 우리가 그 시간을 버틸 수 있을 거라 생각하나?"

대룡 같은 기업도 그 정도로 쉬면 타격이 어마어마하다.

그런데 이런 작은 공장에서 그 정도 타격을 입으면?

망하는 수밖에 없다.

아니, 대기업이니까 그 정도 공격으로 끝났지, 이곳같이 작은 공장은 직접 공격할 수도 있다.

"그렇잖아도 경찰과 검찰, 심지어 판사까지 죽여 대는 놈들이야. 그런 놈들을 내가 어떻게 이기겠냐? 여차하면⋯⋯ 내 목이 날아갈 텐데."

이미 전국에 파다하게 소문이 퍼진 사건이다.

하물며 법원의 판사도 못 지키는 판국에 경찰이 민간인을 지켜 줄 가능성은 낮다.

"더군다나 이 메일을 받은 사람은 나뿐만이 아니야."

알아보니 어지간한 중소기업 사장들은 다 받았단다.

그 말은, 경찰이 지켜 주고 싶어도 너무 많아서 못 지켜 준다는 거다.

그렇다고 경호원을 고용할 수도 없다.

한국에 몇몇 경호 회사들이 있지만 대부분은 합법의 가면을 쓴 용역 깡패들인지라 진짜 목숨을 걸고 경호 작전을 하려고 하지는 않는 놈들이었고, 제대로 된 경호 회사에는 이미 의뢰가 어마어마하게 몰려들었다.

더군다나 상대방이 단순히 폭행 사범이 아니라 총기까지

이용하는 놈들인지라 경호 업체의 가격이 평소의 몇 배로 뛰었기에, 작은 회사의 사장들은 고용하고 싶어도 고용할 수가 없는 처지였다.

"그러면 정말 우리 돈을 그놈들에게 주실 생각입니까!"

"그건…… . 그것도 불가능해. 경찰에 문의해 봤더니……
그런 경우에는 테러 자금 지원이 된다는군."

"네? 그러면…… ."

"미안하지만 중국인 근로자들을 모두 해직해야겠네."

"사장님!"

"나도 방법이 없어. 그놈들이 요구하는 걸 들어주든 안 들어주든, 내 목숨이 위험해."

중국인 노동자들은 그대로 털썩 주저앉을 수밖에 없었다.

⚖️

"대한민국에 반중화영웅 정서가 빠르게 퍼지고 있네."

"그럴 겁니다. 지금까지 그들이 세력을 키울 수 있었던 건
그들이 중국인들을 지켜 준다는 이미지 때문이었거든요."

이름 자체가 중화영웅이고, 그들은 중국인의 적을 처단한다는 식으로 행동해 왔다.

그래서 자격지심이 있던 수많은 중국인들은 그들에게 열광했다.

그렇잖아도 중화사상과 화이사상 때문에 한국인들을 깔보면서도 한편으로는 그 돈을 벌어야 했던 중국 인민들에게 중화영웅은 진짜 영웅이었다.

"그러나 그건 어디까지나 자기들에게 이익이 될 때뿐이지요."

"그래서 가짜 범죄를 그렇게 저지른 거군."

"그들만 중화영웅의 이름으로 범죄를 저지르라는 법 있습니까?"

정상적인 상황이라고 하면 사실 대부분의 사람들은 중화영웅의 이름으로 범죄를 저지르지는 않을 것이다.

어찌 되었건 범죄자 집단이니까.

"하지만 그 규모가 전국적으로 갑자기 확장되면 김화자와 김두만은 당황할 겁니다."

"그리고 이런 일이 벌어지고?"

노형진이 이번에 중화영웅의 이름을 빌려서 무차별적으로 협박만 저지른 게 아니다. 무차별적으로 중국인들에 대해 중화영웅으로 의심된다는 신고도 했다.

특히나 불법체류자들을 대상으로 많이 고발을 넣었다.

그리고 그건 기존과 완전히 다른 결과를 낳았다.

"기존에는 서로 일종의 암묵적인 룰이 있었지요."

그래서 신고가 들어와도 경찰이 와서 단속하기 전에 전화를 걸어서 대피를 시켜 주거나 약간의 돈을 받고 사건을 무마해 주는 게 관례였다.

그 결과 한국의 어마어마한 불법체류자들과 불법 입국자들이 처리되지 않았다.

"하지만 이번에는 아니죠."

이제는 상황이 달라졌다.

자신만이 아니라 가족의 목숨까지 왔다 갔다 하는 판에 제대로 확인해 보지 않을 경찰이 없고, 제대로 확인해 봤을 때 불법체류자이거나 범죄를 저지른 기록이 있다면 추방은 확정적이었다.

그 때문에 중화영웅이 등장한 후에 가파르게 올라가던 범죄율이 다시 가파르게 떨어지고 있었다.

"이해가 가지 않는데. 자네가 중국인들을 이렇게 차별하면 그 안에서 범죄자가 나온다고 하지 않았나?"

"아 다르고 어 다른 게 인간이니까요. 지금까지 중화영웅은 말 그대로 영웅이었습니다."

중국인들이 보기에 그들은 정의로웠고, 자신들을 무시하는 한국에 본때를 보여 주는 사람들이었다.

하지만 이제는 아니다.

그들은 한국인이 아니라 중국인을 대상으로 범죄를 저지르면서 수익을 확장하기 시작했다.

중국인에게 불이익이 오기 시작하는 순간, 중화영웅은 영웅이 아니라 도둑놈일 뿐이다.

이것이 법이다

"피해자가 한국인이냐 중국인이냐의 문제군."

"맞습니다."

노형진은 씩 웃으며 말했다.

"그렇잖아도 한만우 씨에게 잠깐 애들 좀 동원해 달라고 했습니다."

"애들?"

"중국을 통해 그들이 중화영웅이라고 고발했습니다. 그들은 단체로 잡혀갔고, 그 지역은 무주공산이 되었지요."

"아하!"

유민택은 노형진이 뭘 말하려고 한 건지 알아차렸다.

무주공산이 된 그곳을 자칭 중화영웅들이 돌아다니면서 돈을 뜯어내는 건 어려운 일이 아니다.

"영웅이 아닌 범죄 조직이라면 상황이 달라지지요."

노형진은 씩 웃었다.

"그리고 이제 중국에서 김화자와 김두만을 족치게 될 겁니다, 후후후."

영웅의 추락

중화영웅을 만든 건 역시 김화자와 김두만이었다.

그들은 가장 질이 좋지 못한 자들을 고용해서 무차별적으로 살인을 일삼았고, 대혼란이 온 한국 사법부와 한국에서 돈을 뜯어내는 게 목적이었다.

실제로 그게 먹히는 듯했고 한국의 사법 시스템이 붕괴되는 것 같았다.

"이게 뭔 개 같은 상황이야?"

그런데 갑자기 상황이 돌변했다.

자신들에게 우호적이던 중국인들이 갑자기 적대적으로 변했고, 숨어 있을 만한 곳에서 감시의 눈이 번득거렸다.

일부 조직원들을 몰래 집어넣기는 했지만 그중 두 명이 경찰에게 잡혀가 버리면서 진짜로 자신들의 실체가 드러날 뻔하기까지 했다.

다행히 그들이 범죄를 저지르기 전에 잡혀서 단순 밀입국으로 추방당하기는 했지만, 확실한 건 그들이 뭔가를 하기에는 위험할 정도로 중화영웅에 대한 적대감이 커졌다는 것이다.

그리고 그 이유는 금방 알 수 있었다.

"우리가 돈을 요구했다고?"

중화영웅의 수사 방향을 혼란시키기 위해 김화자와 김두만은 다른 조직들이 자신들의 이름으로 범죄를 저지르는 걸 모른 척했다.

그런데 그 짧은 사이에 일이 어마어마하게 커져 버렸다.

"이게 뭔 개 같은 경우야?"

송전탑을 날려 버린 건 자신들이 맞다.

자신들을 망하게 한 가증스러운 대룡을 똑같이 망하게 하기 위해서 말이다.

그런데 그걸 빌미로 각 대기업에 무려 1조에 달하는 비트코인을 요구했고, 그 요구 금액이 무려 50조에 달했다. 50대 대기업에 모조리 요구했기 때문이다.

더군다나 중소기업들에도 돈을 요구하고, 자칭 중화영웅이라는 놈들이 중국인들에게서 강제로 돈을 갈취하기 시작했다.

"이건 진짜 생각도 못 했는데."

중화영웅은 중국인들 사이에 숨기 위해 이용한 이름일 뿐이다.

그런데 갈수록 상황이 이상하게 돌아갔다.

"망할 짱깨 놈들! 적당히라는 걸 몰라! 눈치가 있으면 적당히 이용해 먹어야지!"

김두만은 이를 박박 갈았다.

그들이 아무리 머리를 쓰면 뭐 하겠는가? 당장 중국 놈들이 모조리 망치는데!

"어쩔 거야? 한국 사법 시스템을 붕괴시키고 중남미처럼 우리가 실세가 될 수 있다며!"

"그래, 그랬지."

그건 어렵지 않았다.

김두만은 회사를 운영하면서 경찰과 검찰 그리고 법원 측과 많이 만났고, 한국 경찰은 이런 대대적 공격에 약하다는 걸 알아냈으니까.

그런데 사법부는 제대로 대응도 못 하고 있는데 엉뚱한 곳에서 문제가 터진 것이다.

"사람을 더 구해서 밀어 넣어야 하나?"

"미쳤어? 그러다가 한 놈이라도 잡혀서 입을 나불거리면 어쩌려고! 숨을 곳도 없다며!"

"끄응……."

50대 기업이 내건 현상금만 무려 300억이다.

더군다나 자칭 중화영웅이라는 놈들이 경쟁 폭력 조직에

현상금을 거는 바람에 폭력 조직들이 의심스러운 사람들을 족치기 시작했다.

당연히 그 방법은 그 지역에 들어온 낯선 사람을 감시하는 것이었고, 그 사람을 경찰에 신고하는 건 하나의 관례가 되었다.

운이 좋으면 막대한 현상금을 받고, 운이 나빠도 손해 보는 건 전혀 없는 게 현실이니까.

"당분간은 한국에서 작업 못 할 것 같은데."

"뭐? 그러면 우리가 지금까지 한 건?"

"내가 이렇게 될 줄 알았어? 이 망할 짱깨 새끼들이 우리 이름을 무슨 식당 휴지처럼 막 써 댈 줄 알았냐고."

이를 박박 가는 김두만.

그간 들인 돈이 얼만데 몽땅 글러 먹은 것이다.

물론 하려고 하면 할 수는 있다. 하지만 이런 상황이면 특정되거나 잡히는 건 시간문제다.

"당분간만 조용히 있자고. 안되면 다른 방법을 찾아야지."

그들은 이를 박박 갈며 잠시 사태를 두고 보기로 했다.

노형진이 그 짧은 타이밍을 노릴 거라고는 생각도 못 한 채.

"화이사상은 중국인들의 근간이지요."

노형진은 뭉쳐서 해외로 떠나는 자들을 보면서 미소 지었다.

그들은 막대한 돈을 받고 각 나라로 떠나고 있었다.

"그리고 저들이 전 세계로 가서 중화영웅을 선전한다 이거군요."

"맞습니다."

노형진은 고개를 끄덕거렸다.

"오래 걸리지는 않을 겁니다. 화이사상은 사실 민족주의라기보다는 극단적 민족 테러 주의에 가까우니까."

저들은 한국인이 중화영웅의 이름으로 모집한 일종의 모집책들이다.

저들은 전 세계에 중화영웅이라는 단체를 만들 테고, 그곳에 많은 중국인들을 포섭할 것이다.

외부적으로 그곳은 중국의 민족 학교가 되지만 그 내부는 중국인들의 민족적 우월성을 교육하는 극단적 교육을 하는 곳이 될 것이다.

"장기적으로 테러리스트가 될 수도 있습니다만……."

로버트는 걱정스러운 표정으로 말했다.

"물론 그렇게 될 정도로 오래 두지는 않을 겁니다. 중요한 건, 저런 단체가 생기면 정부에서 경계하기 시작한다는 겁니다."

민족 우월 단체가 생기면 거의 100% 따라오는 게 테러나 관련 범죄다.

그렇다 보니 각 나라는 그런 자들이 뭉치는 걸 걱정한다.

"저건 일종의 미끼 상품입니다. 저들이 테러리스트가 되는 게 아니라 우월 주의자들을 저곳으로 모으기 위한 쓰레기통인 거죠."

"아! 무슨 뜻인지 알겠습니다. 하긴, 뭉쳐 있으면 도리어 감시하기가 편하죠."

로버트는 바로 알아들었다.

만일 테러리스트가 뭉쳐 있다면 그 소속으로 들어가서 정보를 빼내고 감시하고 관리하기 편하다.

도리어 위험한 건 외로운 늑대라고 불리는, 갑작스럽게 발생하는 자생적 테러리스트들이다.

그들을 제어하거나 추적할 방법이 없기 때문이다.

"하지만 뭉쳐 있다고 해서 그들을 각 나라가 제어하려고 할까요?"

"할 겁니다. 할 수밖에 없게 만들 겁니다."

노형진은 자신 있게 말했다.

"우리에게는 든든한 친구가 있거든요, 후후후."

한국에 배치된 CIA의 딘 폴든 요원은 오랫동안 비밀리에 정보를 모아 왔다.

지금까지 많은 사람들의 테러를 막았고 스스로 자신이 막은 테러로 족히 1만 명은 살렸다고 자부하는 사람이었다.

그런 베테랑인 딘 폴든은 자신을 찾아온 중요한 손님의 말에 의심을 품지 않을 수가 없었다.

"뭐라고요?"

"무기 시장에 위험한 놈이 나타났습니다. 아니, 미친놈이라고 하는 게 맞겠군요."

찾아온 남자는 CIA에서도 특급 보호 대상으로 분류된 차였다.

그는 자신들과 거의 거래하지 않지만 그쪽에서 공급하는 정보로 막대한 수익을 내기에, 언제나 돈이 필요한 CIA 입장에서는 아주 중요한 인물이었다.

더군다나 그는 어떤 면에서는 자신들보다 훨씬 더 뛰어난 정보력을 가지고 있기에 그의 말을 무시할 수는 없었다.

"미친 새끼들이라니? 무슨 말씀이십니까?"

다른 사람도 아닌 노형진이 찾아와서 도와 달라거나 정보를 달라고 요구하는 것도 아니고, 위험하다고 경고를 해 준다?

그건 처음 있는 일이었다.

그 때문에 딘 폴든은 잔뜩 경계할 수밖에 없었다.

"무기 시장에서 사린 가스와 핵폭탄을 찾는 놈들이 있습니다."

"사린 가스? 핵폭탄? 지금 농담하시는 겁니까?"

"제가 그런 농담이나 하러 여기까지 올 만큼 한가한 사람은 아닙니다만."

그 말이 맞다.

노형진은 어마어마한 부자고 전 세계를 움직이는 사람이다. 그가 왜 쓸데없이 장난 따위를 치러 다니겠는가?

그것도 이렇게 중요한 정보를 가지고 말이다.

"그리고 그쪽은 이미 2억의 계약금을 내놨다고 하더군요. 그 돈을 내놓으면서 장난질을 하려는 놈은 없지요."

딘 폴든은 침을 꿀꺽 삼켰다.

사린 가스든 핵폭탄이든, 위험하기 짝이 없는 물건들이다.

다른 물건들도 위험하기는 마찬가지지만 사린 가스와 핵폭탄은 급이 다르다.

다른 무기들은 잘해 봐야 수십 명 정도의 피해자가 발생하지만 가스나 핵폭탄은 못해도 1만 명 이상의 피해자가 발생하는 대량 살상 무기다.

다급하게 상황을 물어보려고 하던 딘 폴든은 그다음 말에 휘청거렸다.

"그리고 구매를 원하는 장소가 미국과 유럽입니다."

미국과 유럽.

그렇잖아도 테러로 인한 위협으로 어마어마하게 흔들리는

곳들이다.

특히 미국은 더 위험하다.

만일 미국에서 핵폭탄이 터진다면 어떻게 될까?

생각만 해도 끔찍한 일이 세상을 뒤흔들 것이다.

9.11 테러가 터졌을 때 미국은 관련된 모든 나라를 구석기 시대로 돌려보내겠다고 게거품을 물었다.

그때는 전 세계가 떨었고, 미친놈이라고 불리는 북한조차도 테러리스트를 비난하는 성명을 발표할 만큼 벌벌 떨어야 했다.

9.11 테러도 그 정도였는데 핵폭탄?

"어떻게 생각하십니까? 핵폭탄 제작이 가능하겠습니까?"

"끄응…….'

다른 사람이라면 말도 안 된다고 할지도 모른다.

하지만 CIA에서 일하는 딘 폴든은 그게 절대 농담이 아니라는 걸 안다.

사실 현대에 와서 핵폭탄의 제조는 무척이나 쉬워졌다.

제대로 된 공과대학만 나와도 핵폭탄 자체는 만들 수 있다.

다만 힘든 건 그걸 소형화, 경량화하는 것과 운송하는 것이다.

만일 소형화, 경량화하는 걸 포기한다면 핵폭탄을 만드는 건 어렵지 않다.

문제는 핵폭탄을 만드는 우라늄 등의 물질이 없다는 건데, 현실적으로 소련이 무너지면서 대놓고 핵폭탄이 사라진 판국에 각 나라에서 우라늄이나 방사능 물질이 얼마나 사라졌는지 알 수가 없다.

당장 후쿠시마만 해도 일본이 외국의 도움을 거절한 이유 중 하나가, 그 후쿠시마 내부에 은밀하게 핵폭탄을 만들기 위한 방사능 물질이 있어서라는 의심을 받고 있는 상황이다.

소련에서 방사능 물질이 얼마나 사라졌는지도 알 수 없다.

웃긴 일이지만 방사능 물질은 생각보다 많이 쓰이기 때문에 모든 걸 추적하는 게 쉽지 않은 것도 사실이고.

'만일 핵폭탄이 미국에서 터진다면? 아니야, 핵폭탄이 문제가 아니야.'

핵폭탄을 만들기 위해서는 그래도 최소한의 장비라도 있어야 한다.

제작자가 미치지 않고서야 자기가 방사능에 노출되고 싶지 않을 테니까.

하지만 가스는?

미국에는 어마어마한 숫자의 필로폰중독자가 있다.

그 필로폰도 화학 공정을 통해 만들어 내는 것인데, 그 과정보다 더 간단한 게 바로 사린 가스다.

심지어 일본에서 사이비 종교 단체가 그걸 만들어 뿌릴 정도로 제조 자체도 쉽고 독성도 강할 뿐만 아니라 재료를 구하는 것도 상당히 쉬운 편이다.

"그게 사실입니까?"

"아까도 말했지만 제가 이런 거짓말을 해 봤자 무슨 이득이 있겠습니까?"

"그건……."

"도리어 이건 저한테 심각한 문제입니다. 미국과 유럽에서 핵폭탄이 터진다면 주가가 얼마나 폭락할 것 같습니까? 물론 단기간은 무기 쪽은 오르겠지요. 정확하게는, 무기 쪽만 오를 겁니다."

"크흠……."

딘 폴든은 부정할 수가 없었다.

이걸 막아야 노형진에게는 이익이 되는 것이 사실이다.

"그 단체가 누군지 혹시 아십니까?"

"중국 쪽인 것 같더군요."

"중국요?"

"중화영웅이라는 단체로 알고 있습니다."

"중화영웅요?"

"네."

딘 폴든은 얼굴을 찌푸렸다.

그렇잖아도 한국에서 중화영웅이 미친 짓을 하고 있다는 건 알고 있었다.

그들은 화이사상을 바탕으로 활동하며 극렬 민족주의를

표방하는 상태였다.

"젠장!"

그리고 딱 그런 스타일의 행동을 하는 자들을 딘 폴든은 알고 있었다.

다름 아닌 이슬람 세력.

물론 그들은 이슬람이라는 종교를 가졌지만, 민족주의자들에게 국가와 민족이란 신앙 그 자체나 마찬가지였다.

"감사합니다. 이건 긴급하게 넘겨야겠군요."

노형진은 고개를 끄덕거렸다.

"새로운 정보가 들어오면 확인해 보겠습니다."

"감사합니다."

딘 폴든이 보고를 위해 떠나는 모습을 보고 노형진은 슬며시 미소를 지었다.

사실 무기를 구입한다는 소문을 내는 건 어려운 일이 아니다.

다만 그걸 구입하는 사람을 특정해야 하는데, 그럴 때 가장 많이 쓰는 게 바로 계좌 추적이다.

'하지만 현금으로 2억씩 내놓으면 추적이 불가능하지.'

노형진은 그 돈을 찾지 않을 생각으로 그 선금을 내밀었다.

어둠의 무기를 거래하는 암거래상을 죽음을 거래하는 상인이라고 하지만 그들조차 절대 거래하지 않는 게 두 가지가 있다.

바로 핵폭탄과 가스다.

총이나 미사일은 파는 놈이 문제가 아니라 그걸 쓰는 놈의 문제라고 항변할 수 있지만, 이 두 개는 파는 놈도 미친놈이니까.

사실 무기상들은 돈이 넘치는 사람들이다.

그런데 만일 가스나 핵폭탄을 거래했다?

그러면 전 세계가 적으로 돌아가서는 거다.

어떤 미친 무기상이 자기 인생까지 좆 내면서 그걸 거래하려고 하겠는가?

노형진이 중화영웅으로 선금을 내면서 구입한다고 홍보했지만, 사실 팔겠다는 사람이 나올 거라고는 생각도 하지 않았다.

그러나 CIA가 나선 이상 중화영웅은 정식으로 테러 단체로 추적당하게 될 것이다.

'그리고 지금쯤 중국에서 넘어간 우리 교사들이 열심히 중화사상과 화이사상을 가르치겠지.'

극렬 중화사상을 가르치는 것 자체가 테러의 시발점인 만큼 중국에 대한 압력이 시작될 테고, 중국은 어쩔 수 없이 중화영웅을 탄압하게 될 것이다.

하지만 노형진은 그것만으로 끝낼 생각이 아니었다.

"슬슬 물건이 도착할 때가 된 것 같은데?"

노형진은 힐끔 시계를 확인하면서 미소 지었다.

⚖

유럽에는 많은 나라들이 있고 저마다 나름의 문제가 있다.

특히나 그리스는 더했다.

극단적 경기 침체로 인해 제대로 굴러가는 게 거의 없다시피 한 그리스는 여러모로 심각한 문제를 가지고 있었다.

그리스의 아름다운 바다는 그대로지만, 그곳의 상황은 엿같다 못해서 하루하루 먹고살기가 힘들 지경이었다.

그런 그리스의 해안을 지키는 경찰서에 한 남자가 다급하게 들어왔다.

"바다에 이상한 게 떠 있어요."

"그게 무슨 말이야?"

"아니, 저쪽 해안에 배 같은 게 떠 있어요."

"배가 떠 있다고?"

경찰은 고개를 갸웃했다.

당장 이쪽으로 다니는 배는 없으니까.

물론 해안으로 도는 여객선이 있기는 하다. 하지만 경제 위기가 닥치면서 관광선 역시 멈춘 지 오래되었다.

"배가 암초에 걸린 것 같던데요?"

"암초에 걸렸다고?"

그러면 더 말이 안 된다.

배가 암초에 걸렸다면 당연히 연락이 왔을 테고, 또한 비상이 걸려서 구조 작전이 시작되었을 테니까.

아무리 나라가 막장이라지만 최소한의 구조대는 움직이고 있다. 당장 소방관이나 구조대원 중에는 무급으로 일하는 사람들도 있다.

그런데 그런 정보는 없었다.

"무슨 말도 안 되는 소리야?"

"가 봐요. 그런데 배가 이상하게 생겼던데……."

"일단 가 보자고."

평소 알고 지내던 주민이었고, 그가 거짓말할 이유는 전혀 없기에 경찰은 그를 따라갔다.

그리고 해안의 언덕에 도착해서 망원경을 꺼내 바다를 살펴보았을 때 그의 눈은 저절로 찡그러질 수밖에 없었다.

"저건 배가 아닌데?"

"네? 배 아니에요?"

"저건 잠수함이야."

배와 전혀 다른 모양이다.

애초에 배라고 하면 선상과 갑판이 있어야 한다.

그런데 완벽하게 철로 뒤덮여 있는 물건. 그건 배일 수가 없다.

"아니, 잠수함이 왜 여기에 온 거야?"

고개를 갸웃하는 경찰.

보아하니 아무래도 잠수함이 제대로 길을 못 찾고 암초에 걸린 듯했다.

현실적으로 그리스의 피오르해안은 볼 것이 많기는 하지만 그만큼 복잡하기 때문에 잘 모르는 사람들이 운항하면 암초에 걸릴 수도 있다.

"일단 무슨 배인지 모르지만 보고는 올려야지."

그는 핸드폰을 힐끔 보았다.

그저 왜 저런 배가 걸려 있는지 의아할 뿐이었다.

"이게 뭐야?"

전혀 낯선 모양의 잠수함.

조심스럽게 다가간 그리스의 해경은 아무리 불러도 반응이 없자 고개를 갸웃했다.

"사람이 없나 본데요?"

"잠수함을 버리고 간다고? 무슨 유령선이야?"

"아이고, 무서운 소리 하지 마세요."

딱히 문제가 될 게 없어 보였기 때문에 그들은 배로 올라가서 해치로 다가갔다.

해치가 닫혀 있기는 하지만 잠긴 건 아니라서 안으로 들어

가는 건 어려운 일이 아니었다.

"조심하세요. 좀비라도 튀어나오면 어떻게 해요?"

"헛소리하지 마. 요즘은 좀비보다 통장 잔고가 더 무섭다."

"아, 젠장."

경제 위기가 오면서 월급도 제대로 들어오지 않는 상황에 후임은 한숨을 내쉬었다.

"누구 없어요?"

선임은 그와 함께 잠수함 내부로 들어갔다.

잠수함이라지만 통짜로 된 잠수함이었고 격벽 같은 건 없었다.

"누구 없어요? 혹시 다친 사람 없습니까?"

불이 꺼진 잠수함의 내부에는 빛이라고는 한 줌도 없었다.

비어 있는 조종실을 확인한 선임은 그대로 몸을 돌려서 함미 쪽으로 향했다.

"누구 없……."

걸음을 옮기던 그가 눈을 크게 떴다.

함미에 잔뜩 쌓여 있는 물건. 그게 그의 심장을 철렁 떨어지게 했기 때문이다.

마약? 그런 거라면 이해라도 한다.

하지만 거기에 쌓여 있는 건 마약이 아니었다.

"뭐야, 이건?"

어마어마한 양의 총기. AK 소총이라고 불리는 총과 수류탄 그리고 RPG-7이 잔뜩 쌓여 있었다.

족히 수백 개는 되어 보이는 양에 그는 다급하게 발길을 돌렸다. 경황이 없어 보이는 그의 모습에 후임은 어리둥절하여 물었다.

"어…… 왜 그래요?"

"주변에 누구 없었지?"

"네, 그런데요?"

"당장 본부에 무전 쳐! 경찰 특공대고 뭐고 다 불러들여!"

난데없는 다그침에 후임은 당황한 눈으로 선임을 쳐다보았다.

"아, 갑자기 왜 그래요?"

"저쪽에 총이 수백 정이 있어! 로켓에 수류탄까지 있다고!"

후임의 얼굴이 딱딱하게 굳었다.

"어…… 그 말이 사실이에요?"

"지금 내가 거짓말하게 생겼냐? 그런 걸로 거짓말하지 않아! 아니다, 너, 연락하고 있어!"

다급하게 그렇게 말한 선임은 잠시 후 총과 수류탄을 들고 돌아왔다.

그걸 본 후임은 사색이 되었다.

"서, 선배? 진짜였어요?"

"너, 총 쏠 줄 알지? 이걸로 경계하자."

"네."

"총을 운송하다가 암초에 걸린 것 같은데 그놈들이 이걸 포기하겠냐?"

후임의 얼굴이 창백해졌다.

만일 누군가 이걸 찾으러 온다면 경찰 특공대가 올 때까지 단둘이서 싸워야 한다는 걸 의미하니까.

"씨발. 돌겠네."

그는 울상이 되어서 총을 꽉 잡았다.

그리스에서 발견된 잠수정. 그 안에서 발견된 물건에 대한 정보는 충격적이다 못해서 세계를 경악하게 했다.

무기도 무기이지만 그 안에서 발견된 서류 때문이었다.

"지금 중국이 우리 그리스를 뒤집으려고 하는 겁니까!"

그리스 주재 중국 대사는 그리스 총리의 갑작스러운 호출에 불려 왔다가 당황했다.

"그게 무슨 소리입니까?"

"이거! 오늘 아침에 발견된 잠수함에서 나온 서류입니다!"

중국어로 된 서류를 던져 주자 그걸 받아 든 중국 대사는 당혹감을 감출 수가 없었다.

"이런……! 어떤 미친 새끼가……."

사본이기는 하지만 그 내용을 파악하는 데에는 어려움이

없었다. 이건 심각하다 못해 나라가 뒤집어질 내용이었다.

그리스의 공산화를 통한 유럽 공산화 혁명 계획

"아, 아닙니다! 우리가 그럴 리가 없습니다!"

공산주의. 그건 한때 자본주의와 함께 세계를 양분하는 사상이었다.

하지만 공산주의는 패배했고 자본주의가 승리했다.

물론 공산주의가 완전히 사라진 건 아니다. 공산주의 국가는 여전히 있으며, 그들이 자본주의를 수용하는 형태로 바뀌었다.

그 대표적인 예가 바로 중국이다.

"그러면 이건 뭡니까? 중화영웅? 이놈들, 당신들한테 지지를 받고 있는 놈들 아닙니까?"

"네? 그게 무슨……?"

"정보가 들어왔습니다. 중화영웅이 한국에서 테러를 일으키고 있는데 중국에서 그들을 방치하다시피 하고 있다면서요!"

"아니, 그게…….'

"미쳤군요. 우리를 집어삼키려고 해요?"

"진짜 모르는 일입니다."

"그걸 말이라고 합니까? 당신네들의 수법을 뻔하게 아는데!"

공산주의가 세력을 넓히는 방법은 간단하다.

아래에서부터 혼란을 야기하고 경제적 파탄을 핑계로 기

득권과 부르주아들을 학살한 후에 국가 전복.

그게 공산주의자들의 전형적인 방법이었다.

그런데 문제는 지금 그리스가 딱 그 짝이라는 거다.

그리스는 엄청난 사회 혼란으로 흔들리고 있었고, 여기에 누군가 공산주의를 뿌리기 시작하면 진짜 빠르게 퍼질 수도 있는 문제였다.

"당신들, 도대체 무슨 짓을 한 거야!"

더군다나 이 서류에 따르면 무기 수송은 무려 23차다.

이미 족히 2만 정 이상의 소총과 대전차미사일, 지대공미사일이 반입되었고 내전 유도를 위한 사린 가스까지 들어온 것으로 되어 있었다.

그리고 그 주체는 중화영웅이라는 단체였다.

"이건…… . 바로 알아보겠습니다."

중국 대사는 진땀을 흘리며 변명할 수밖에 없었다.

⚖

"잠수함을 꼬라박다니, 미친놈."

남상진은 혀를 내둘렀다.

새로 산 잠수함에 무기를 잔뜩 실어서 그리스 해안가에 꼬라박은 건 노형진의 계획이었다.

거기에 들어가는 서류를 만드는 건 일도 아니었을 테지만, 무엇보다 녀석들은 이미 한국에서 중화영웅이라는 이름으로 온갖 테러를 자행한 놈들이니 정보가 넘어가는 것도 매우 쉬웠다.

"뭐, 손해 보는 건 없잖아? 그거 몇 푼이나 한다고."

사실 거기에 들어간 무기야 당연히 노형진이 산 것이지만 그건 추적할 수 없는 무기들이다.

그리스 입장에서는 날벼락이나 다름없었다.

다른 때라면 모르겠지만 현재 그리스는 경제 위기로 극심하게 혼란한 상태.

실제로 공산주의가 태동할 위험을 가지고 있고, 주변의 국가들은 그리스가 공산주의 국가가 되는 걸 두고 보지는 않을 것이다.

"좋게 생각하라고. 상황이 이렇게 되면 다른 나라들도 그리스를 도울 수밖에 없거든."

그리스는 유럽연합에 속한 나라다.

그 말은 내부에서 공산주의가 태동하고 공산주의자들이 발생하면 무서울 정도로 빠르게 유럽 전역으로 퍼질 수 있다는 소리다. 이동이 자유로우니까.

그렇잖아도 유럽은 난민과 이슬람 신자들의 증가, 거기에다가 외로운 늑대 타입의 테러리스트의 발생으로 죽을 맛이었으니, 한때 전 세계를 양분했던 공산주의가 다시 태동한다는 건 상상만으로도 악몽이나 마찬가지였을 것이다.

"더군다나 무기까지 든 자유 여행? 어이구야."

그러면 전 유럽이 전쟁터가 될 수도 있다는 소리인데, 그걸 막기 위해서는 국경을 막아야 한다.

즉, 유럽연합이라는 거대한 조직의 종말을 뜻하는 것이다.

"다른 나라들은 이제 그리스를 도와서 그리스의 경제 문제를 해결하는 수밖에 없지."

원래 역사에서 다른 나라들은 그리스를 돕지 않았다.

워낙 밑 빠진 독에 물 붓기니까.

"그리스 입장에서도 손해는 아니지."

물론 부패한 조직과 시스템을 다 뜯어고쳐야겠지만.

"이 정도라면 그리스는 나한테 상이라도 줘야 하는 거 아냐? 후후후."

물론 중국은 곤혹스러울 것이다.

사실 전 세계에서 수작을 부릴 수 있는 공산주의 국가 세력은 거의 중국이 유일하고, 한국에서 중화영웅이 깽판 칠 때 그 사실을 알면서도 가만둔 것도 맞으니까.

"더군다나 중화영웅이 한국에 잠수함을 통해 조직원을 투입하는 건 이미 알려진 사실이니까."

결국 이 모든 게 중화영웅이라는 조직으로 쏠릴 수밖에 없다.

"그리고 중국 입장에서는 곤혹스러워질 수밖에 없지."

그냥 이득이나 보려고 두고 보던 중화영웅이 이제는 세계적 테러 조직이 되었다.

미국에서 핵폭탄을 구한다는 소문도 돌았으니, 중국 정부 입장에서는 중화영웅을 결코 가만둘 수 없다. 가만둔다는 것 자체가 중화영웅을 지지한다는 뜻인데, 미국이 미치지 않고서야 자국 내에서 핵폭탄 테러를 하려는 놈을 가만둘 리 없으니까.

아마도 누군가 그들을 지원한다고 하면 그 나라를 진짜 구석기시대로 돌리고도 남을 것이다.

"남은 건 하나뿐이지."

세계적으로 적이 된 중화영웅을 박멸하는 것.

그게 중국이 살아남을 유일한 방법이었다.

중국은 민주주의국가가 아니다.

인권? 그런 건 인정도 하지 않는다.

그들은 의심스러운 사람들을 강제로 끌어다가 고문하면서 정보를 캐냈다. 그리고 그중에는 한국에서 추방당한 중화영웅의 멤버 두 명이 있었다.

한국에서는 거사를 치르기 전에 잡혀서 추방으로 끝났지만, 중국 입장에서는 출국 기록도 없는 그들이 한국으로 갔다는 것에서 그들이 중화영웅이라는 의심을 하기에 충분했다.

"끄아아악!"

두 사람은 만신창이였다.

손톱이 뽑히고 이가 뽑히고 온몸은 멍이 들었다.

"더 없어?"

이미 관련자들에 대해서는 모두 토해 낸 상황이다.

어떻게 중화영웅에 접근하는지, 돈을 얼마나 받는지, 그리고 어떤 식으로 혼란을 야기하는지.

그들은 돈 때문에 서슴없이 살인을 저질렀지만 그 이상의 고통을 받고 있었다.

"그게 답니다, 흑흑."

"중화영웅을 만든 게 조선 놈이라고?"

고문하던 공안은 혀를 끌끌 찼다.

어떤 미친놈이 이런 짓거리를 하나 싶었다. 그런데 중화영웅은 중국인이 아니라 한국인이었다.

세계적 범죄 조직을 만들어서 돈을 벌려 했던, 과거 한국의 재벌가.

"미친 새끼들, 우리 중국을 어떻게 보고."

이를 박박 갈던 공안의 담당자는 몸을 돌려서 바깥으로 나왔다.

정보는 이미 다 얻었다. 그러니 남은 건 '소탕'뿐이었다.

"저놈들은 어떻게 할까요?"

"털어. 내장은 건드리지 않았어."

바깥에 있던 사람들은 고개를 끄덕거렸다.

"그리고 당장 공안 특공대를 준비해. 망할 조선 놈에게 중국의 무서움을 보여 줘야지."

그는 이를 박박 갈면서 허리춤의 권총을 꽉 잡았다.

그날 이후로 한국뿐만 아니라 전 세계에서 '중화영웅'이라는 이름은 사라졌다.

애초에 중국에서 족쳐서 조사해 본 결과 그 숫자는 고작 이백 명뿐이었다. 한국에서는 대형 조직에 속할지 모르지만 중국에서는 지방 조직만도 못한 숫자였다.

대혼란을 야기하려고 했던 숫자치고는 많지 않았고, 그나마도 중국에서 모조리 싹 털어 버렸다.

한국이라면 아마도 불가능했을 것이다.

일단 온갖 인권 단체들이 있고, 법에 따라 체포 영장과 구속영장을 받아서 재판을 해야 하는데 그사이에 잡지 못한 다른 놈들은 도망갈 테니까.

하지만 중국은 일단 잡혀 들어가면 고문이 자행되었고, 급기야 나중에는 한국에 있던 중화영웅 멤버들이 다급하게 자수하기까지 했다.

중국에 가서 고문당하고 장기를 털리는 것보다는 차라리 평생 한국 감옥에 있는 게 낫다는 것이었다.

"검찰과 법원에서 감사의 인사를 전해 달라던데?"

오광훈의 말에 노형진은 피식 웃었다.

그렇게 노형진과 새론을 못 잡아먹어서 안달이었는데 목숨이 걸리고 나니 생각이 바뀌었던 모양이다.

하긴, 노형진이 해외에서 수작질한 건 모르겠지만 그들이 잠수함을 쓰는 것을 알아낸 건 노형진이니까.

"그리고 또?"

"친하게 지내자던데?"

"전에도 말했지만 그쪽에서 멀쩡하게 행동하면 친하게 지낼 수야 있지. 그런데 멀쩡하게 행동하지 않으니까 문제인 거 아니야."

"쩝."

오광훈은 입맛을 다셨다.

하긴, 중화영웅이 생기자마자 배신한 놈들이 어디 한두 명인가? 그들은 지금은 입을 다물고 있지만 다른 세력이 생기면 또 당연히 배신할 것이다.

"그나저나 그 두 놈은 어떻게 하지?"

"누구?"

"김화자하고 김두만 말이야, 결국 못 잡았잖아."

"하긴, 그건 그러네."

한국에 있다면 잡을 수 있었겠지만 애석하게도 그들은 한국에 있지 않았다. 당연히 잡으려야 잡을 수가 없다.

"중국에서는 잡은 것 같기는 한데……."

그들을 보내 달라고 할 수는 없다.

진짜로 송환되어 와도 한국에서 그들을 제대로 처벌하는
건 불가능하다.

물론 법적으로 사형하고도 남겠지만 그들이 가진 정치인
들의 비밀이 한두 개가 아니다.

일단 사형이나 무기징역이 나오겠지만 나중에 잠잠해지면
모범수로 출소할 게 뻔하다.

"다시는 못 보겠지?"

"그렇겠지."

노형진은 그렇게 생각했다.

하지만 노형진은 그들을 다시 만나게 되었다.

그것도 전혀 생각하지 못한 형태로.

⚖️

1년 후.

"이게 뭔가?"

뜬금없이 노형진이 내미는 티켓에 고개를 갸웃하는 유민택.

"초대장입니다. 저한테 왔더군요. 남상진이라고, 브로커
가 있습니다. 그에게 부탁했습니다."

"음…… 그런가? 그런데 초대장은 왜 뜬금없이?"

"제가 부탁한 건 초대장이 아닙니다. 김두만과 김화자 두
사람에 대한 추적이었습니다. 두 사람이 어떻게 되었는지에

대한 정보였지요."

유민택은 움찔했다.

그리고 테이블에 있는 초대장으로 시선을 향했다.

거기에 적혀 문구는 다음과 같았다.

인체의 신비전

"으음……."

남상진이 시간이 넘쳐서 이런 걸 보내 줄 리 없다.

노형진이 아는 남상진은 그렇게 자상한 놈도 아니고 철저하게 비즈니스로 움직이는 작자다.

사람을 구하는 것조차도 돈을 요구하는 놈이 무료로 초대장을 보내 줄 리가 없다.

"마지막 인사라도 하라는 건가?"

"원하신다면요."

유민택은 물끄러미 초대장을 바라보다가 피식 웃으며 집어 들었다.

"내 시간을 내 보도록 하지."

"후회하시지 않겠습니까?"

"후회? 그러기에는 내가 가진 원한이 너무 많은 것 같군."

하긴, 성화는 유민택에게 철천지원수다. 대룡을 삼키려고 아들들을 죽였으니까.

그리고 대룡을 몰락시키려고 했다.

만일 노형진이 아니었다면 대룡은 역사대로 몰락하고 그들이 집어삼켰을 것이다.

"복수하려면 확실하게 해야지."

유민택은 그렇게 말하면서 인터폰을 눌렀다.

"박 실장."

─네, 회장님.

"카메라 준비해. 최대한 좋은 걸로."

─알겠습니다.

노형진은 유민택의 명령을 듣고는 그가 뭘 하려고 하는지 알아차렸다.

"거기 사진 촬영은 불법입니다, 회장님."

"괜찮아. 벌금 내지, 뭐. 망하기 싫으면 모른 척하겠지."

잔인한 미소를 떠올리는 유민택.

"그래도 영원한 감옥에 있는 놈들에게 마지막 인사를 나눌 기회는 줘야 할 거 아닌가?"

평소와 다르게 불타오르는 유민택의 눈빛.

"고맙네."

"뭘 말씀이십니까?"

"가장 확실한 복수가 되겠어. 너무나 기다려 오던 순간이야. 성화가 무너지는 그때보다 훨씬 속이 시원하군."

노형진은 쓸쓸하게 웃을 수밖에 없었다.

새해가 되고 사람들은 세상이 눈으로 가득하기를 바란다.

"하지만 현실은 미세 먼지지, 푸에취!"

재채기를 거하게 하면서 콜록거리는 오광훈.

노형진은 그런 오광훈을 보면서 혀를 끌끌 찼다.

"검사라는 놈이 몸 관리도 못 하냐?"

"아니, 나한테 뭐라고 하지 말라고. 이 빌어먹을 놈의 미세 먼지 때문이니까."

"아이구, 그러셔? 전혀 다르거든."

"아, 그건 중요한 게 아니고⋯⋯ 푸에취!"

코를 팽 하고 푼 오광훈이 머리를 절레절레 흔들었다.

"아으, 씨발. 요즘 감기는 왜 이리 독해? 뒈지겠네, 뒈지겠어."

"걸리면 2주는 기본으로 깔고 간다고 하더라. 그나저나 어쩐 일이야, 이렇게 조용히 날 보자고 하고?"

중화영웅 사건 이후에 검찰 쪽에서는 새론과의 관계를 재정립했다.

할 수밖에 없었다. 그 미친놈들 때문에 조직과 사법이 무너질 뻔했는데 노형진과 새론 덕분에 살았으니까.

물론 법 때문에 사건 자체를 넘기거나 할 수는 없지만, 최소한 스타 검사들이 새론과 손잡은 걸 비꼬거나 하지는 않게 되었다.

"조용히 만날 이유는 없잖아? 왜 그렇게 조용히 만나야 한다고 성화를 한 거야?"

그래서 뜬금없이 이 추운 때에 바다가 보이는 산속의 커피숍에서 나와 있다.

"뭐 중요한 사건이라도 있어? 그런 건 없을 텐데."

"그걸 어떻게 알아?"

"그 정도 사건이 있었으면 기자들이 벌써 난리가 났겠지."

"눈치 빠른 놈. 푸에취!"

오광훈이 흘러나온 콧물을 슥슥 문질러서 닦자 그걸 본 노형진이 눈을 찡그렸다.

"으, 디러."

"디럽기는 개뿔. 살다 보면 다 그러는 거지."

"아니, 그건 그렇다고 치고 나도 감기 걸리겠다. 빨리 보자고 한 이유나 말해 줘."

"사건 하나가 냄새가 나는데, 아무래도 이상하단 말이지."

"뭐가 이상한데?"

"너, 자즈라고 아냐?"

"누군데, 그게?"

"몰라, 자즈? 그러면 헌티드는 알지?"

"아, 그 애들은 알지."

잘나가는 한류 아이돌.

노형진도 방송 쪽 일을 하긴 하지만 모든 사람들을 아는 것은 아니다.

하지만 그럼에도 불구하고 헌티드는 안다.

요즘 중국과 일본에서 잘나가는 그룹이니까.

일본에서는 한류를 막기 위해 발악하고 있지만 역사란 것은 흐를 수밖에 없는 거고, 노형진이 일본에 뿌린 씨앗 덕분에 도리어 어마어마하게 가속된 상황이었다.

"자즈는 헌티드에서 메인 댄스를 담당하는 애야. 뭐라고 하더라? 센터?"

"그 애가 또 왜? 마약 했니? 아니면 강간? 아니면 성추행? 그런데 그걸로 네가 수사를 못 한다고?"

물론 한류 그룹이라는 힘이 강할지는 모른다.

하지만 그래 봤자 민간인이니, 검사가 작심하고 털고자 하면 터는 건 어려운 일이 아니다.

검사를 권력자로 보는 데에는 다 이유가 있는 법이다.

"그게 말이야, 이게 명확한 증거는 없는데 촉이라고 해야하나, 그런 게 있거든."

"촉?"

오광훈은 '쿵!' 하고 콧물을 삼키더니 사진을 꺼내서 내밀었다.

전신에 붕대를 감고 산소마스크를 쓴 채로 누워 있는 남자가 찍혀 있는 사진이었다.

"뭐야, 이건?"

"이번 사건의 피해자야. 식물인간 상태고 호흡기를 떼면그냥 죽어. 다시 살아날 가능성은 제로야. 결혼해서 애가 한명 있고 염병하게도 부인이 현재 임신 중이야. 다음 달에 출산이고."

"으음……."

누가 봐도 안타까운 장면이다.

피어 보지도 못하고 그렇게 목숨을 잃어야 한다는 것은 말이다.

"이거랑 자즈랑 무슨 관계인데? 자즈가 이렇게 만들기라도 했다는 거야? 그럼 자즈를 소환 조사하면 되잖아."

"그게 문제인데……."

긴 한숨을 쉬는 오광훈.

"이 사람을 차로 친 놈이 자즈 같단 말이지."

"자즈 차라면 그놈이 범인이겠네. 그게 어려운 일이 아니잖아?"

오광훈이 어깨를 으쓱했다.

"이게 지랄맞은 게, 자즈 차가 아니야. 헌티드의 뮤직비디오 촬영용으로 빌려 둔 슈퍼 카야."

"뭐? 슈퍼 카?"

"그래, 페어리930."

"그거 10억 가까이 하잖아?"

"그래, 그거."

페어리930, 남자들의 로망이라 불리는 차량이다.

차의 가격이 문제가 아니라 보험료를 비롯해서, 세워만 놔도 그 유지비가 연 5천만 원이 나온다고 하는 역대급 슈퍼 카.

물론 페어리에서 나온 슈퍼 카가 여러 가지가 있기는 하지만 930 모델은 한정판으로 딱 930대가 만들어져서 전 세계에 판매되었다.

"그리고 그중 한 대가 한국에 있는데 그걸 뮤직비디오 촬영용으로 빌려서 회사에다가 둔 모양이야."

"그런데 자즈가 그걸 끌고 가서 몰다가 사람을 쳤다고?"

"그런 거라 생각하고 있어."

"그럼 소환하면 되잖아?"

"그러면 편하지. 그런데 이미 자수한 사람이 있으니 문제인 거야."

그제야 노형진은 오광훈이 왜 자신을 은밀하게 불렀는지 알아차렸다.

오광훈이 바보도 아니고, 의심하는 데에는 이유가 있을 것이다.

그런데 갑자기 뜬금없는 자수자가 나왔으니 수사는 당연히 멈출 수밖에 없다.

"누구야?"

"자수자?"

"그래. 너 운전자 바꿔치기 생각하는 거 아냐?"

"맞아. 킁!"

다시 한번 코를 훌쩍인 오광훈.

그는 코를 문지르면서 말했다.

"자수한 놈이 로드 매니저야. 이해가 가냐? 간도 크게 10억짜리 차량을 몰고 나간 놈이 로드 매니저? 그거 매니저 중에서도 최하 시다바리라며?"

"그건 그렇지."

로드 매니저. 좋게 말해서 매니저지, 사실 여기저기 연예인을 데려다주는 운전기사 역할을 하는 경우가 대부분이다.

작은 곳이라면 그러면서 다른 업무도 하지만, 자즈와 헌티드가 속한 JP가 작은 곳은 아니니까.

"내가 병신은 아니지만 10억짜리 차에 차 키를 꽂아 둘 것 같지는 않거든?"

차값만 10억일 뿐, 한정판이라는 가치를 생각하면 가격은 더 오를 수도 있다.

그런데 그걸 촬영용으로 빌려서 차 키를 꽂은 채 주차장에 세워 둔다?

"음…… 그러니까 그 자수한 놈은 자기가 몰고 갔다 이거네?"

"그래."

로드 매니저인 자수자는 로망이었던 슈퍼 카를 보고 한번 몰아 보고 싶은 욕심을 이기지 못해 차를 끌고 나갔고, 가로 등이 없는 어둑한 도로에서 피해자를 보지 못해 친 후 덜컥 겁이 나서 달아났다고 자수했다.

물론 충분히 있을 수 있는 일이다.

회사가 아주 병신이라는 조건만 맞는다면.

"내가 확인해 보니까 그곳에 경비원도 있어. 그런데 로드가 빌려 온 슈퍼 카를 몰고 나가는데 가만둔다고? 그건 아니지."

"으음……."

노형진은 신음을 냈다.

만일 이게 사실이라면 로드에게 떨어질 형벌은 얼마나 될까?

기껏해야 2년에서 3년 정도가 될 것이다.

적당히 실력 있는 변호사가 붙으면, 운 좋으면 집행유예가 나올 수도 있고.

물론 피해자들과 합의된다는 가정하에.

"그런데 뜬금없이 자즈가 왜 나와? 그놈이 운전했을 거라는 의심은 어디서 튀어나온 거고? 처음부터 바꿔치기를 의심하지는 않았을 거 아냐."

"처음에야 나도 그 생각은 못 했지. 사실 뻔하잖아. 이건 덮을 수 있는 유의 사건도 아니고."

한국에 딱 한 대 있는 차. 거기에다가 빌려 온 차다.

그걸 빌려준 차주가 눈이 돌아가지 않을 리가 없다.

더군다나 페어리930을 몰 정도의 차주라면 힘이 없어서 입 닥치고 있을 만한 사람도 아니고.

"나도 그놈이 미친 짓 한 줄 알고 그냥 그렇게 끝내려고 했거든. 그런데 추가 진술을 받으러 JP에 갔더니 자즈가 팔에 깁스를 하고 있네?"

"얼씨구?"

"그래, 이상하지 않아?"

오광훈도 많은 경험을 쌓으면서 이 사건의 이상함을 느꼈다.

물론 자수한 거야 그렇다고 할 수 있다.

그런데 사고와 전혀 상관없는 자즈가 갑자기 깁스를 하고 있다?

우연치고는 공교롭다.

"그래서 말이지, 내가 그놈이랑 이야기하면서 물어보니까 춤을 연습하다가 손목을 삐끗했다네."

그럴 수도 있다. 댄스 그룹이라면 그런 일이 빈번하니까.

"그래서 내가 친한 척하면서 어깨에 손을 올렸거든. 아주 자지러지더만, 자지러져."

"으음……."

손목을 다쳤다는 놈이 어깨에 손을 올리자 비명을 지르면서 주저앉는다? 말도 안 되는 소리다.

"혹시 말이다, 그 깁스가 왼쪽이냐?"

"그래, 왼쪽이야."

"하아, 답 나오네."

사람이 춤추다가 다치는 경우는 오른쪽이 많다.

대부분이 오른손잡이인 데다, 비상시 가장 익숙한 손이 나가서 방어하려고 하니까. 그런데 왼손이 다쳤다?

그리고 어깨에 손을 올렸는데 자지러졌다면, 다친 곳은 손목이 아니라 어깨라는 거다.

사실 어깨를 삐끗한 걸로 그렇게 자지러지지는 않는다.

어깨에서 그런 어마어마한 통증을 유발하는 부위는 하나뿐이다.

쇄골이라고 부르는 빗장뼈.

그 부분은 다른 뼈들보다 약하고, 부러지면 날카롭게 부러지는 편인지라 통증이 심하다.

하지만 그 구조적 위치의 특성상 어지간하면 부러질 일이 없는 부분이기도 하다.

딱 하나, 현대에서 그 부분이 잘 부러지는 경우가 있는데 그건 다름 아닌 교통사고다.

"안전벨트?"

"그런 것 같아."

원래 안전벨트는 어깨뼈를 통해 자연스럽게 가슴으로 내려가야 한다.

하지만 사람들이 안전벨트를 제대로 매지 않아서 어깨가 아니라 빗장뼈를 가로질러 내려가는 경우가 많은데, 그런 경우에 사고가 나면 거의 100% 뼈는 안전벨트의 압력으로 부러진다.

"왼쪽 빗장뼈라면 결국 안전벨트를 맨 부분이라는 거네."

그리고 갑자기 일어난 사고, 그 후에 자수한 로드 매니저.

"운전자를 바꿔치기했다고 봐야겠네."

"그래서 내가 널 보자고 한 거야. 이거 그냥 넘기면 사건이 덮이는 거다."

"음……."

노형진은 잠깐 침묵을 가졌다.

하지만 여전히 이해가 되지 않는다.

"그렇다고 해서 네가 조사를 못 한다는 건 말이 안 되는데. 영장을 청구한 것도 아니고 그냥 참고인 조사 정도는 상대방이 거절하지 못할 텐데?"

"그래서 나도 하려고 했지."

"네가 팬덤이 무서워서 조사 못 할 놈은 아니고."

"팬덤이라고 해 봐야 어린 여자애들이 꺅꺅거리는 건데 내가 무서울 게 뭐가 있냐? 평생을 칼로 쑤심당하면서 살았는데."

"그런데도 날 불렀다……. 아직 말하지 않은 뭔가가 더 있는 모양이군."

"그 부분이 문제인데……."

오광훈은 긴 한숨을 쉬었다.

"그 새끼 이름이 뭔지 아냐?"

"자즈? 아니, 자즈는 아니겠네."

자즈라는 이름은 실명이라고 보기에는 특이하다.

아마도 가수로서 활동하기 위한 예명이라고 봐야 할 것이다.

그러면 본명은 다른 이름일 가능성이 높다.

"뭐, 아버지가 대단한 분이시냐? 아니지, 천하의 오광훈이 그런다고 겁먹을 리가 없는데?"

"그 새끼 이름이 류완다오다."

"류완다오? 중국인이야?"

"그래."

하긴, 요즘은 중국을 공략하기 위해 중국인 멤버 한두 명씩 넣는 게 보통이기는 하다.

중국이 워낙 돈이 되는 시장이니까.

"그래도 조사 못 할 건 아니지."

"그냥 그랬으면 나도 이미 불러서 족쳤지. 그런데 이 새끼 아버지가 중국공산당이야."

"중국공산당?"

"중국공산당 문화부 차관이다."

노형진의 입에서 한숨이 푹 나왔다.

"환장하겠군."

중국공산당은 일당독재의 강력한 권력 집단이다.

그런 곳의 문화부 차관 정도라면 어마어마한 패권을 휘두른다.

그런데 그런 자의 아들이라고?

그러면 조사에 들어가는 순간 고래고래 소리를 지르면서 중국 대사가 한걸음에 달려올 게 뻔하다.

차라리 그 정도면 다행이다.

문화부 차관이라면 한국 문화가 중국으로 들어가는 걸 철저하게 막을 수 있다.

그렇잖아도 어마어마한 차이나 머니 때문에 중국에는 고개를 팍 숙이고 사는 한국 문화계다.

그런데 문화부 차관이 적이 된다고?

대통령이 나서는 한이 있어도 수사를 막을 게 뻔하다.

'그렇다고 내가 무시할 수도 없는 노릇이고.'

차이나 머니는 문화에서 어마어마한 힘을 발휘하고 있다.

당장 미국의 많은 기업들이 중국을 물고 빨고 있다.

심지어 미국의 일부 문화인들은 미국이 문화적으로 중국의 돈에 먹혔다고 한탄할 정도로 말이다.

그 돈이 막힌다?

그걸 한국 문화계가 가만 두고 볼 리가 없다.

"네가 나한테 왔다는 건 일단 한 번은 불렀다는 거네."

"일단 한 번은 불렀지. 그런데 그 자즈인지 자주인지 대신에 중국 대사가 찾아왔더라. 그리고 난 불려 가서 개같이 까이고."

"음……."

노형진은 직감적으로 답이 나왔다.

그들이 그렇게 극렬하게 반응한다는 것.

그건 자즈가 범인이라는 또 다른 증거다.

"더군다나 있잖아."

"또 뭔데?"

"그 매니저 새끼도 중국인이야."

"얼씨구?"

답이 대충 나온다.

사건을 덮기 위해 중국 정부와 한국 정부 그리고 회사까지 한꺼번에 움직이고 있다는 거다.

"물론 나야 모른 척하고 살면 편하지. 그런데 그건 좀 아니지 싶더라."

매니저라지만 한국에 들어온 지 얼마 되지 않은 놈이다.

당연히 돈도 없고, 따라서 피해자의 가족이 배상받을 돈도 없다.

"수사해 보려고는 한 거지?"

"내 말을 귓등으로 처들었냐? 대사관에서 날아왔다니까."

노형진은 턱을 문질렀다.

'이때쯤부터였군.'

중국은 해외를 침공하려고 많은 수를 썼다.

그중 하나가 바로 돈으로 침공하는 거다.

물론 대동이 하는 것과 좀 다르다.

대동은 그 지역의 공장과 기업을 집어삼키지만 중국은 그 지역의 문화를 집어삼킨다.

종국에 가서는 중국에 반대하는 어떠한 문화도 존재하지 못하게 하는 것.

그게 그들의 수법이었다.

'실제로 중국에 반하는 영화를 만드는 제작자는 미국에 없지.'

심지어 중국의 민주화에 대해 이야기했다는 이유 하나만으로 세계급 레벨의 영화배우가 모든 영화에서 출연 금지당하는 게 지금 중국의 힘이다.

"그래서 이 새끼를 조지고 싶은데 상황을 보니 방법이 없네."

"그렇겠지."

헌티드는 현재 중국과 일본에서 막대한 돈을 긁어모으고 있는 상황이다.

그런 자즈를 JP에서 놓치고 싶어 할 리가 없다.

"그렇다고 가만두자니, 이건 대놓고 중국 놈이 사람을 죽여도 밀어주겠다는 소리나 마찬가지잖아!"

물론 중국인 모두에 대한 건 아니라지만 '중국의 권력자=세계의 권력자'라는 구조가 되는 것은 사실이다.

"영장은? 분명 그 정도면 영장을 신청할 수는 있었을 텐데?"

의심이 확실하니 그가 진료받은 병원의 영장 정도는 신청할 수 있다.

"그게 나왔으면 내가 너를 만나고 있겠니?"

오광훈의 말에 노형진은 고개를 끄덕거렸다.

아무리 오광훈이 잘나가는 검사라고 해도 세계 레벨의 검사는 아니다.

해외 문제를 해결하기 위해서는 그 나라의 도움이 있든가 하다못해 대한민국의 도움이 있어야 한다.

하지만 현 상황에서는 그런 도움을 받는 것은 불가능하고, 자즈는 여기서 느긋하게 계속 돈을 벌게 될 것이다.

"일단 내가 좀 알아볼 수는 있어. 물론 그걸 내가 조사해 봐서 확실히 그놈이 범인이라고 할 때의 이야기지만."

"나야 그놈이 범인 아니라고 하면 가뿐하게 손 털면 그만이지. 하지만 그 새끼가 분명 범인 맞을걸."

"내가 봐도 그래."

노형진은 씁쓸한 표정으로 말했다.

"그래서, 우리 자즈가 무슨 잘못이라도? 오광훈 검사라는 인간이 또 헛소리라도 하고 있답니까?"

노형진은 JP의 사장인 양재형을 만났다.

그리고 그의 행동을 보면서 노형진의 심증은 점점 더 강해지고 있었다.

"무슨 말씀이신지?"

"우리 자즈가 뭘 잘못했다고 그렇게 괴롭힌답니까? 인종차별주의자 아니에요, 그 새끼?"

"글쎄요. 제가 아는 오광훈 검사라면 모두를 고르게 까지, 인종차별을 해 가면서 까는 사람은 아니라서요."

"웃기는구먼."

양재형은 코웃음을 치면서 노형진을 노려보았다.

"요즘 새론에서 변호사 사무실 주제에 막 설치고 다니는데, 세상 무서운 걸 아셔야지요. 이거 월권 아닙니까?"

"저희가 뭐라도 했습니까?"

"안 봐도 뻔하지 않습니까? 오광훈 그 새끼가 우리 자즈를 괴롭히려고 그쪽에 가서 협력을 요청했겠죠. 주제도 모르고 나서지 마세요. 그 자리를 지키고 싶으면 입 닥치고 있으라고요."

아무것도 하지 않았는데 초면부터 험한 소리를 듣자 불쾌해진 노형진이 비꼬듯 물었다.

"저희가요? 왜요?"

그러자 양재형이 협박하듯 목소리를 낮췄다.

"얼씨구? 힘도 없는 변호사 놈이 몇 번 수사에 끼워 줬더니 세상 무서운 줄도 모르는 모양이네. 어디 한번 제대로 당해 봐야 정신 차리겠어?"

노형진은 코웃음을 쳤다.

'지랄하고 자빠졌네.'

분명 JP는 커다란 기업이고 전 세계에서 막대한 수익을 내는 곳이기는 하다.

그래서? 그게 노형진에게 무슨 의미가 있단 말인가?

사실 노형진이 작심하고 수작질을 벌이기 시작하면 JP 정도 날려 버리는 건 일도 아니었다.

그런 수작질이 귀찮아서 하지 않는 것뿐이다.

물론 해야 한다면 하겠지만 말이다.

"진심이신가 보군요. 그럼 그럴까요?"

"변호사 놈이 자신만만하구먼. 어디, 한번 붙은 뒤에도 그 낯짝이 여전한지 볼까?"

노형진이 태연하게 받아치자 양재형은 이죽거렸다.

'그러고 보니 이놈이 현 정권하고 선이 많이 닿아 있었지?'

정확하게는 자유신민당과 아주 친하게 지내고 있었다.

노형진의 기억이 맞는다면 대놓고 마약을 하고 탈세를 해도 정부에서 은닉해 줄 정도로 그들은 끈끈한 관계였다.

'뭐, 난 상관없지.'

어차피 몇 년 후에는 이들은 몰락한다.

조금 더 빨리 몰락하게 할 수도 있지만, 아직 그럴 필요까지 느껴질 정도는 아니다.

자기 인생 자기가 조지겠다는데 신경 쓸 일은 없다.

중요한 건 양재형이 아니라 자즈다.

"일단은."

어느 정도 분위기가 무르익었다고 생각되자, 노형진은 이죽거렸다.

"전 오광훈 검사 때문에 온 게 아닌데요."

"뭐?"

"말씀하신 것처럼 저희는 변호사입니다. 수사권은 따로 없지요. 더군다나 사건에 관해 검사를 대신해서 수사할 수도 없고요."

"그래서?"

"저희는 피해자 측을 대신해서 가해자인 매니저의 관리 책임에 대한 협상을 하러 온 겁니다만?"

노형진이 바보도 아니고 여기서 '오광훈을 대시해서 수사하러 왔습니다.'라고 하겠는가? 그건 명백하게 위법인데?

당연히 그에 맞는 자격을 얻어서 온 것이다.

"이 사건에서 그 차량을 관리해야 하는 건 JP 쪽인데 제대로 관리하지 못했고, 심지어 직원이 업무 시간에 무단으로 끌고 나가서 사람을 쳤으니 당연히 그 관리 책임을 지셔야지요."

"그건……."

당연히 오광훈의 부탁을 받고 온 거라 생각하고 있던 양재형은 당황했다.

"그런데……."

노형진은 슬쩍 아무것도 모른다는 얼굴로 물었다.

"사고를 친 건 매니저인데 왜 자꾸 자즈 이야기를 꺼내십니까, 마치 매니저가 아니라 자즈가 그 차를 운전하기라도 한 것처럼?"

"이이익……!"

노형진에게 놀아난 걸 알아차린 양재형의 눈이 크게 뜨였다. 이건 진짜 생각도 못 했으니까.

게다가 힘이 좀 있는 사람은 이제는 스타 검사와 새론의 관계에 대해 대부분 알고 있다.

'하지만 대응은 전혀 다르지.'

스타 검사라고 해서 새론과 무조건 손잡은 건 아니다.

사실 검사와 변호사는 정반대의 입장에서 활동한다.

당연히 법적으로 같이 수사하거나 하지는 못한다.

그걸 해결하는 꼼수가 바로 스타 검사가 새론을 소개해 주는 것이다.

새론에 사건을 넘긴다는 것 자체가 사건에 확실하지 않은 의심 사항이 있다는 거고, 그걸 확실하게 지적하고 넘어가기 위해 새론을 소개해 주는 것이다.

'아 다르고 어 다르지만 양쪽이 수사하면 수사의 실수도 확률이 줄어든다는 거지.'

그게 스타 검사가 존경받는 가장 큰 이유 중 하나였다.

자신이 틀릴 가능성도 인정하고 그 부분을 최소화하기 위해 노력한다는 것.

물론 양재형 같은 사람 입장에서는 이해가 되지 않겠지만.

"혹시 정말로 자즈가 운전했나요? 저는 오 검사에게 아무런 이야기도 못 들었는데요."

노형진은 실실 웃으며 말했다.

그리고 양재형의 얼굴은 붉으락푸르락해졌다.

대놓고 변호사 앞에서 자즈가 의심스럽다고 떠든 꼴이 아닌가?

"너 이 새끼! 야! 이 새끼 끌어내!"

"뭐, 끌어내신다고 하면 나가야지요. 주거침입죄를 저지를 수는 없으니까요."

노형진은 자리에서 일어났다.

그리고 나가려는 순간, 갑자기 양재형이 눈을 크게 떴다.

"야! 저 새끼 막아!"

"왜 이러십니까?"

노형진은 이죽거리며 말했다.

그러나 양재형은 바보가 아니다.

그는 이 치열한 연예계에서 오래 버틴 사람이었다.

이런 말이 있다, 연예계 사람의 90%가 양아치라는.

"저 새끼! 주머니 뒤져! 핸드폰! 핸드폰!"

안으로 들어온 사람들은 눈치를 슬슬 살피면서 노형진에게 다가왔다.

어찌 되었건 멀쩡한 기업인 JP에 조폭이 상시 대기할 리는 없고 들어온 사람은 기껏해야 경비 수준이니, 변호사인 노형진을 터는 것을 꺼릴 수밖에 없었다.

"어허, 왜 이러십니까? 이건 제 겁니다만?"

"웃기지 마, 이 새끼야! 저 새끼 저거 잡아!"

엉거주춤하게 직원들이 잡고 있자 다가온 양재형은 노형진의 품을 뒤져서 핸드폰을 꺼냈다.

그리고 떠 있는 화면을 보고 이를 드러냈다.

"너, 내가 병신으로 보이냐?"

"무슨 말씀이신지?"

"내가 너 같은 변호사 새끼를 한두 번 만나는 줄 알아?"

양재형은 핸드폰을 흔들며 말했다.

그리고 거기에 표시되어 있는 녹음 앱.

"이거 터트리려고 한 거지? 그렇지?"

"대화 당사자가 녹음하는 건 불법이 아닌데요. 그리고 저는 변호사입니다. 법률적 과정은 가능하다면 녹음하는 게 당연하지요."

노형진이 최대한 차분하게 말하자 양재형은 코웃음을 쳤다.

"웃기고 자빠졌네."

핸드폰을 가지고 뒤로 물러난 양재형은 핸드폰을 바닥에 던지더니 그대로 발로 밟았다.

빠각!

그걸 보고 노형진은 눈을 찌푸렸다.

"그거 할부도 아직 안 끝났는데."

"조까, 이 씨발 새끼야. 너 같은 새끼들 한두 번 보는 것도 아니고, 내가 이거 유출되게 놔둘 것 같아?"

연신 발로 밟아서 박살을 내는 양재형.

노형진은 그걸 보고 한숨을 내쉬었다.

"아니, 그러니까 그거 할부도 안 끝났다고……."

"돈 많은 변호사니까 하나 사, 이 씨발 새끼야."

"이거야 원, 생양아치라고 듣기는 했지만 이거 진짜 답 없는 양아치 새끼네."

"생양아치? 그래서 뭐 어쩔 건데?"

"너, 그거 강도 및 재물 손괴인 거 알지?"

"너도 막나가는 걸 보니 내 생각이 맞나 보군, 흐흐흐."

아마도 양재형은 노형진이 자신이 그렇게 말하기를 원하고 있었을 거라 생각했다.

실제로 낚인 양재형은 묻지도 않았는데 자즈에 대해 떠벌렸고, 이게 새어 나가면 사람들은 합리적 의심이라는 걸 할 수밖에 없다.

그러면 자즈도 헌티드도 심각한 타격을 입을 수밖에 없다.

"일단 강도 및 재물 손괴로 고발할 테니까 그렇게 알고 있으라고."

"웃기네. 해 봐, 이 새끼야. 증거가 있나, 흐흐흐. 야, 풀어 줘!"

자신 있게 말하는 양재형.

그가 풀어 주라고 하자 직원들은 그제야 꽉 잡고 있던 노형진을 풀어 줬다.

노형진은 어깨를 으쓱하면서 그곳을 나왔다.

그리고 자신의 차에 올라타서 차량의 박스를 열고 핸드폰을 꺼냈다.

"가져가신 핸드폰은요?"

운전하던 운전사는 고개를 갸웃하며 물었다.

만일을 대비해서 따라온 경호원이었다.

"아, 박살 났습니다. 삭제할 거라고는 생각했지만 아예 핸드폰을 박살 낼 줄은 생각도 못 했네요."

노형진은 툴툴거리면서 핸드폰의 패턴을 풀었고, 경호원
은 아깝다는 말투로 말했다.

"그거 할부, 한참 남지 않았습니까?"

"그렇죠. 어제 샀으니까 2년 남은 거지요. 그냥 일시불로
내고 털어야겠습니다."

사실 양재형이 박살 낸 핸드폰은 어제 산 것으로, 오로지
녹음 기능만 있을 뿐 다른 앱은 전혀 설치되지 않았다.

엔터테인먼트 바닥이 워낙 추잡한 걸 알기에 노형진은 그
가 녹음을 경계할 걸 예상해서 핸드폰을 미리 따로 준비한
것이다.

빼앗고 주지 않을 수도 있으니까.

물론 양재형이 한 행동은 그 모든 걸 훌쩍 넘었다.

"하지만 멍청하기는 그놈도 만만치 않더군요."

노형진이 피식 웃으면서 버튼을 누르자 거기서 흘러나오
는 목소리.

―야! 저 새끼 잡아!

누가 들어도 양재형의 목소리다.

"도대체 왜 요즘 사람들은 크라우드를 쓰면서 크라우드 기
능이 있는 건 모를까요?"

노형진이 자동 크라우드 업데이트 기능을 켜 놨으니, 상대 방이 아무리 핸드폰을 부수어 버린다고 한들 이미 크라우드에 올라간 파일을 지울 수는 없다.

"이걸로 일단 한국을 발칵 뒤집을 수 있겠네요, 후후후."

⚖️

"싹 지워진다고?"

노형진은 해당 파일을 오광훈에게 보냈다.

오광훈은 신이 나서 재수사에 들어갔고 그걸 똑같이 언론에 퍼트렸지만, 어째서인지 그 어떤 언론에서도 기사화하지 않았다.

물론 노형진이 말한 코리아 타임라인에서 기사화하기는 했지만, JP 쪽은 오광훈 검사가 중국인 차별을 해서 감정적으로 행동한 것이지 자즈가 뭔가 한 적은 없다고 주장하고 있었다.

"하긴, 애매하기는 하지."

양재형이 한 말은 합리적인 의심을 할 만한 상황이기는 하지만 그렇다고 명확한 증거가 될 만한 내용이 있는 것도 아니다.

물론 합리적 의심으로 오광훈이 조사를 시작하기는 했지만……

"위쪽도 난리라고 하더라."

"그렇겠지. 팬덤이라는 게 사실 거의 신앙에 가깝거든."

오광훈이 재조사를 시작하자마자 헌티드와 자즈의 팬덤은 거의 오광훈을 죽일 정도로 공격하기 시작했다.

"아니, 인터넷 악플은 그렇다고 쳐도, 검찰청으로 목 자른 고양이를 보내? 이거 미친 거 아냐?"

"종교라니까. 폭탄을 구할 수 있다면 자즈를 외치면서 폭탄 테러를 하고도 남았을걸."

"뇌는 어디다 두고 다니나? 우동 사리로 채웠나?"

오광훈은 툴툴거리며 말했다.

하긴, 검사 일을 하는 시간보다 협박으로 고소하는 시간이 더 많으니 짜증이 날 수밖에.

"그리고 잡혔으면 가오라도 잡을 것이지, 뭐? 고양이가 목을 잘라서 보냈습니다? 그 고양이는 좀비야? 요즘 고양이는 신인류네, 그냥. 주소까지 따박 따박 써서 보내고."

노형진은 키득거렸다.

하긴, 오광훈은 누군가에게 이렇게 극단적이고 집단적 협박을 받아 본 적이 없을 테니까.

물론 그걸로 벌벌 떨기에는 오광훈의 멘탈이 너무 강하기는 했다.

"덕분에 우리 부서 다음 회식은 한우집이다."

검사를 협박했으니 당연히 처벌받지 않을 수가 없고, 오광훈이 미쳤다고 민사를 하지 않을 리가 없다.

"잘만 하면 아파트 한 채 건지겠는데? 야, 이런 건 있으면 또 해야지, 히히히."

"하여간 네놈 멘탈도 정상은 아니다."

"정상이면 조폭 했겠니?"

"그 말이 맞다. 그나저나 사건이 다른 쪽으로 넘어갈 것 같다면서?"

"그래, JP 쪽에서 내가 인종차별주의자라서 사건을 못 맡기겠다고 기피 신청했다."

사실 검사도 기피 신청이 가능하기는 하다, 다만 거의 안 쓸 뿐이지.

하지만 JP쯤 되면 당연히 전담 변호사가 있고, 그들이 기피 신청하는 건 어려운 일이 아니었다.

"위에서 나 까 대는 걸 봐서는 무조건 이관이야."

그러면 욕은 욕대로 먹고 수사는 수사대로 못 하게 된다.

물론 어마어마한 치킨값이 오광훈에게 남겨야 하겠지만.

"정작 자즈 그 새끼는 못 잡는 상황이잖아. 어쩔 거야?"

"어쩌긴, 잡아야지."

"하지만 무슨 수로? 위에서 아주 작심하고 덮으려고 하는데."

노형진은 느긋하게 자리에서 일어났다. 그리고 미소를 지었다.

"좋은 게 좋은 거라는 말이 있지."

"어? 그게 무슨 말이야?"

"나도 욕심을 좀 내 볼까 하고, 후후후."

노형진은 눈을 반짝거렸다.

"중국의 차이나 머니가 그렇게 맛있다던데, 나도 그것 좀 먹어 보자."

노형진은 여기저기 사업을 많이 벌여 놨다.

미래에 뭐가 돈이 되는지 뻔히 알고 있는데 그걸 그냥 내버려 두기에는 아까운 게 사실이다.

특히나 중국은 문화 산업에 어마어마한 투자를 하고 있었는데, 그게 미래를 지배한다는 걸 아는 노형진이 중국에 투자하지 않았을 리가 없다.

때마침 일본 문화를 먹어 버리면서 막대한 돈이 그쪽으로 넘어가게 하기 위해서는 중국에 연예 기획사를 세워야 했는데, 그렇게 만들어진 기획사 중에는 골드존이라는 곳이 있었다.

"어서 오십시오!"

중국의 골드존의 대표는 양 웬이었다.

노형진이 만들어 둔 정치 라인과 막대한 자금 덕분에 골드존은 중국을 대표하는 기업이 되었다.

물론 중국의 권력에 저항할 수 있는 수준은 아니다.

애초에 공산주의라는 특성상 어떠한 기업도 권력에 저항할 수는 없다.

'인민의 적'이라는 말 한마디로 모조리 죽어 버리니까.

하지만 노형진이 노린 건 공산당과의 싸움이 아니다.

중국은 전 세계의 돈을 빨아먹고 노형진은 그 돈을 다시 빨아먹는 구조를 원했을 뿐이고, 풍부한 노형진의 돈은 그걸 가능케 했다.

중국의 지원을 받아 전 세계 기업들을 집어삼키는 많은 기업들에 노형진이 투자했기에 그들은 절대 노형진을 무시할 수 없었다.

'특히 문화 산업은 더더욱 그렇지.'

노형진은 자신의 눈치를 보는 양 웬을 보면서 미소 지었다.

그는 중국에서는 문화의 아버지, 문화 장군 등으로 불릴지 모르지만 결국 전문 경영인일 뿐이고, 그의 뒤에 있는 건 중국 정부와 투자자들이었다.

"요즘 수익이 많아서 좋네요."

"이게 다 미다스 님의 은혜 덕분 아닙니까?"

미다스의 아시아' 대리인인 노형진은 골드존에서 누구보다 강한 권력을 가지고 있었다.

"그래서 말인데요."

"네, 말씀하십시오."

"요즘 한국에 쓸 만한 그룹이 있던데요."

"쓸 만한 그룹요?"

"네, 그 뭐냐, 헌티드? 그중에서도 자즈라는 가수가 아주 인기가 좋더군요."

"아, 네……."

양 웬은 살짝 눈치를 살폈다.

'그러겠지.'

이 시기에 한국에서 중국인 멤버는 약간 계륵 같은 존재다.

거대한 시장인 중국을 공략하기 위해서 필요하기는 하지만, 애써 키워 놓고 나면 소송해서 탈퇴하고 중국으로 넘어가기 때문이다.

"그런데 자즈가 공산당 문화부 차관의 아드님이라고 하던데, 아십니까?"

"아, 그게……."

'모를 리가 없지.'

그걸 모른다면 노형진이 양 웬을 이 자리에 둘 리가 없다.

"코딱지만 한 한국에서 언제까지 피를 빨릴 겁니까? 데리고 와야 하는 거 아닙니까?"

요즘 흔하게 벌어지는 중국인 멤버의 탈주.

그 뒤에는 당연히 중국의 기획사가 있을 수밖에 없다.

떴다고 해도 위약금을 내거나 변호사비를 부담하기에는 수익이 부족할 테니까.

"그러면 미스터 노는 자즈를 중국으로 데려오는 게 좋다고 생각하십니까?"

"당연한 거 아닙니까? 한국은 뻔한 시장입니다. 기껏해야 3억? 4억? 하지만 자즈가 중국에서 활동하면 얼마나 수익이 될 거라 생각하세요?"

위약금? 그 정도는 한 달이면 우습게 벌 수 있다.

"으음......."

"다른 중국인 멤버들은 다 중국으로 오려고 하는데 다른 사람도 아닌 중국 문화부 차관의 아드님이 못 온다면 말이 안 되죠. 당연히 데리고 와야 합니다."

양 웬은 약간 당황한 듯했다.

"미스터 노가 그렇게 생각하신다면 당연히 그렇게 해야겠지요. 하지만 그래도 되겠습니까?"

"뭐가요?"

"한국 그룹인데요?"

노형진은 코웃음을 쳤다.

"그래서요? 자즈가 한국에서 계속 활동한다고 저나 미다스의 주머니에 뭐 단돈 한 푼이라도 들어온답니까?"

"그건...... 아니지요."

"애초에 우리 돈도 아닌데 왜 그들이 한국에서 활동하는 걸 물고 빨고 해야 한다는 거죠, 수천억짜리 상품을 포기하고?"

양 웬은 고개를 끄덕거렸다.

노형진의 말이 맞다. 돈이 된다면 의리가 어디에 있겠는가?

'특히 중국은 그런 사상이 강하지.'

한국에서 뜬 월드 클래스 멤버? 당연히 그건 이쪽의 돈줄이다.

"바로 접촉해서 중국으로 넘어오라고 하세요. 돈을 적당히 준다면 분명 넘어올 겁니다."

노형진은 자신 있게 말했다.

"그렇게 하겠습니다."

그리고 중국에서 시작된 함정은 훨훨 날아서 한국에 도착했다.

"뭐? 자즈가 계약 해지를 요구했어?"

"그렇습니다. 이 새끼가 계약 해지하고 중국으로 가겠답니다."

"이런 개 같은 자식!"

양재형은 이를 뿌드득 갈았다.

그가 자즈를 키우기 위해 얼마나 노력했던가?

그런데 이제 와서 중국으로 가겠다고?

"사장님! 이렇게 될 줄 알고 제가 그놈 키우지 말자고 하지 않았습니까? 중국 놈들은 의리라고는 없는 놈들이란 말입니다!"

이사는 답답한 듯 말했다.

"하지만······ 끄응······."

자즈의 아버지가 문제였다.

자즈의 재능도 아깝지만, 사실 채우려고 한다면 다른 사람으로 대체할 수 없을 정도는 아니었다.

하지만 자즈의 아버지는 중국의 문화부 차관이고, 그 때문에 중국 행사에서 많은 이득을 얻은 것도 사실이다.

"자즈의 계약 기간이 얼마나 남았지?"

"5년 남았습니다."

"젠장."

5년이면 절대 짧은 시간이 아니다.

아니, 자즈가 지금 탈퇴하면 문제가 되는 게 바로 팀의 시스템이다.

지금 자즈는 팀에서 센터다. 어찌 되었건 그 외모가 뛰어났기 때문이다.

그런데 거기서 자즈가 빠진다?

당장 팀의 구성이 무너진다.

차라리 뒤에 있는 애라면 모르는데, 매일같이 앞에 서던 아이가 휙 사라지면 무슨 꼴이 나겠는가?

더군다나 그룹이기에 자즈가 부르는 파트가 따로 존재했고 그 부분은 또 새로이 분배해야 한다.

그리고 그에 맞게 균형을 맞추기 위해서는 결국 한 명을 더 넣어야 하는데, 그 후에도 그룹이 제대로 굴러갈 거라는 보장은 어디에도 없다.

"자즈를 설득해 보는 건 어때? 잘 설득하면……."

"사장님! 아니, 형님! 그게 될 리가 없잖아요! 벌써 네 번째 당하는 겁니다. 그때마다 설득했는데 먹혀든 놈 있어요?"

"그건……."

"그리고 형님, 이번에 뒤에 있는 게 누군지 아세요? 골드존이에요, 골드존! 그 새끼들이 언제 이빨을 드러낸 물건을 놓친 적 있어요?"

양재형은 깜짝 놀랐다.

"골드존? 그게 무슨 소리야? 진짜 골드존이 자즈를 노린다고?"

"당연한 거 아닙니까, 형님! 그 새끼들이라고 바보인 줄 아세요? 그 뒤에 아버지인 문화부 차관이 있는 거 아는데 가만둘 리가 없잖아요."

"미친! 환장하겠네."

제대로 된 아이돌 하나를 키우는 데 드는 돈은 어마어마하다.

이제 슬슬 그 자금을 회수해야 할 때인데 회수할 수 있는 방법이 없다.

"자즈 같은 놈들은 중국에 가도 손해 볼 게 없단 말입니다!"

한국인이야 탈퇴하는 순간 소속사에 어떻게 대응할 방법

이 없어서 매장당하고, 미국이나 유럽 출신들은 여기서 떴다고 해도 자국 내에서 뜰 가능성이 너무 낮기 때문에 나가도 의미가 없다.

특히나 그쪽은 돈 때문에 임의로 그룹을 나가는 사람들에 대해 그다지 이미지가 좋지 못한 것도 사실이고.

그에 반해 중국은 그렇지 않다.

사실 헌티드가 인기가 좋다지만 절반은 자즈를 향한 것이고, 자즈가 나가서 헌티드를 씹는 순간 헌티드의 인기는 추락할 수밖에 없다.

중국에 있어 자즈를 제외한 다른 멤버들은 오랑캐일 뿐이니까.

화이사상은 이럴 때도 강력한 영향력을 가진다.

"자즈가 과연 안 갈까요? 위약금이라고 해 봐야 한두 푼이면 끝날 텐데! 애초에 골드존이 그 정도 푼돈에 겁먹고 물러날 것 같습니까?"

"후우."

양재형은 얼굴을 문질렀다.

진짜 답이 안 나오는 상황이었다.

⚖

"양재형이 놔줄까?"

"놔줄 수밖에 없지."

오광훈의 물음에 노형진은 느긋하게 말했다.

"자즈는 이미 중국에 가 있어. 중국 재판부에 계약 무효 소송까지 걸어 둔 상태야. 그리고 그동안의 전적을 봐서는, 중국에서는 무조건 무효 판결을 내릴 거야."

그래서 한국 그룹의 중국 멤버들이 그렇게 마음대로 행동할 수 있는 것이다.

중국 재판부는 무조건 중국인에게 유일하게 재판하는 성향이 있으니까.

"물론 한국에서 재판해서 양재형과 JP가 이길 수도 있지. 그래서? 어쩔 건데?"

자즈는 이미 중국에 있고 앞으로 중국에서 활동할 것이다.

"자즈가 한국에서 활동할 것 같아? 사실 한국 시장은 중국에 비하면 푼돈인데?"

"음…… 그건 그렇지."

오광훈은 고개를 끄덕거렸다.

사실 돈만 보면 백 배 이상 차이 나는 게 중국과 한국의 규모다.

"그리고 중국에서는 무효 소송이 이겼는데 뭐 JP가 손해배상을 청구한다고 해서 이길 것 같아?"

당연히 못 이긴다.

하지만 반대는 가능하다.

이미 JP는 중국에 진출한 상황이고, 자즈가 JP에 손해배상을 청구하면 법원에서는 그걸 용인할 것이다.

결과적으로 JP는 이기기는커녕 중국에서 버는 돈까지 강탈당할 위기가 된다.

"그러니 풀어 줄 수밖에 없어. 물론 헌티드가 날아간다는 게 문제지만."

노형진은 이죽거리면서 말했다.

아마도 이번 사건으로 양재형과 JP는 적지 않은 피해를 입게 될 것이다.

"하지만 그게 목적이 아니잖아. 아니, 물론 양재형 그 새끼가 지랄맞은 건 사실이야. 하지만 자즈가 범인인데 중국에 가 버렸잖아?"

노형진은 고개를 끄덕거렸다.

자즈는 중국으로 갔다.

사실 계약 해지를 요구하는 팩스가 JP에 도착했을 때 이미 자즈는 중국에 있었다.

심지어 중국에서 벌써 활동을 시작했다.

"아마 양재형은 미칠 노릇이겠지."

"흠…… 그러면 양재형이 그 사고 기록을 공개할까?"

오광훈은 혹시나 하는 생각에 물었다.

양재형 입장에서는 자즈에게 뒤통수에 칼을 맞은 상황이니 복수심에 그 기록을 공개하면 편해진다.

그래서 그걸 기대하고 있었다.

하지만 노형진은 고개를 흔들었다.

"그건 힘들걸."

"엥? 왜?"

"왜긴. 당연하지. 현실적으로 그걸 공개한다고 해도 바뀌는 게 없잖아. 애초에 자즈가 중국인이라는 부분에서 JP는 끌려갈 수밖에 없어."

만일 양재형이 복수에 눈이 멀어 사고 기록을 공개하면?

그걸 조사해야 하는 한국 경찰이 자즈를 잡아 올 수 있을까?

그건 불가능하다.

한국 경찰이 할 수 있는 일은 일단 소환하고 한국에 들어올 때까지 수사를 정지시키는 것밖에 없다.

그렇다고 중국에다가 보내 달라고 할 수 있느냐?

그것도 아니다.

보내 달라고 해서 보내 줄 중국도 아니거니와, 애초에 범죄인인도는 그 범죄가 확정되었을 때에나 가능하다.

그런데 이번 경우는 범죄가 확정된 상황도 아니다.

그러니 범죄인인도 조약도 효과가 없다.

"결국 자즈는 한국만 들어오지 않으면 거기서 떵떵거리면서 잘살 수 있어. 그에 반해 JP가 입을 손해는 어마어마하지."

그걸 공개하는 순간 당연히 JP에 보복이 들어갈 수밖에 없다.

그 형태는 단순하다.

JP의 모든 중국 활동 금지.

JP에 속한 아티스트는 헌티드만 있는 게 아니고, 그들의 중국에서의 활동이 모조리 금지된다면?

당연히 그 손해는 어마어마할 수밖에 없다.

"결국 양재형도 JP도 그 사건에 대해서는 입도 뻥끗 못 해. 그리고 자즈도 그걸 알지. 사실 자즈가 한국인이었다면 그게 공개될까 봐 무서워서라도 계약 해지 소송은 못 하지."

결국 이 문제를 가지고 자즈가 현재로써는 처벌받지 못한다는 뜻이기에 오광훈의 얼굴에는 짜증이 깃들었다.

"뭐야, 그게? 뭐 중국으로 쫓아 보낸 것도 아니고."

오광훈이 요구한 건 자즈에 대한 처벌이다.

그런데 정작 용의자인 자즈는 중국으로 도망갔다.

"걱정하지 마. 자즈는 다시 한국으로 돌아올 수밖에 없으니까. 중요한 건 그가 한국에 다시 돌아왔을 때 그를 커버해 줄 수 있는 세력을 남기지 않는 거지."

그건 다름 아닌 양재형과 JP다.

그리고 당장 오광훈을 협박하고 있는 팬덤 역시 포함된다.

"하지만 이미 자즈가 도망갔잖아?"

"그렇기는 해. 그런데 그러면, 여기서 다른 사람은 어떻게 될까?"

"엉?"

"이런 경우의 조건은 뻔한 거 아냐?"

자즈의 범행을 감추기 위해 운전자를 다른 사람으로 바꿔치기한 것이 이번 사건의 핵심이다.

그리고 이런 경우 그 돈을 주는 건 누굴까?

자즈? 그럴 리가 없다.

그걸 덮으려고 한 것은 필연적으로 JP일 수밖에 없다.

"그런데 이런 상황이 되었으니, 과연 JP가 감옥에 가 있는 매니저에게 뭐라고 할까?"

노형진은 싱글거리면서 웃었다.

그리고 오광훈은 눈을 반짝거렸다.

"그놈이 자기가 했다고 할 이유가 없어지겠군."

대놓고 고발은 못 하겠지만 JP 입장에서는 당연히 이번 사건을 덮기 위해 돈을 쓸 이유도 없다.

자즈가 이탈한 순간부터 이미 어마어마한 손해는 확정이니까.

"그러니 그쪽을 잘 파 보라고."

⚖

오광훈은 노형진의 말대로 운전자라고 주장한 사람을 집중적으로 팠다.

변호사가 철수해 버리자 그는 당연히 당황할 수밖에 없다.

"봤죠? 변호사도 이미 떠났어요. 자즈는 이미 중국으로 튀었고."

"아……."

감옥이라는 공간은 정보가 극도로 제한될 수밖에 없다.

그리고 그러한 정보의 불균형은 그곳에 있는 사람의 마음을 흔들 수밖에 없다.

"범죄가 걸려서 자즈는 중국으로 튀었습니다. 당신이 운전했다고 계속 주장해 봤자 더 이상은 이득 보는 게 하나도 없다는 뜻입니다."

매니저 입장에서는 자즈가 왜 중국으로 도망갔는지 알지 못한다.

하지만 자즈가 중국으로 도망간 건 확정적이다.

그러면 당연히 사건이 걸려서 도망갔다고 의심할 수밖에 없다.

"변호사도 없이, 혼자서 뭘 할 수 있다고 생각합니까?"

"그건……."

매니저 입장에서는 환장할 노릇이었다.

적당한 보상을 받고 감옥에 오기로 한 거니까.

그런데 갑자기 상황이 돌변하면서 보상은커녕 미래마저도 불투명한 상황이 되어 버렸다.

"당연한 거 아닌가요? 자즈는 이미 도망갔고, 더 이상 자즈 문제는 신경 쓸 게 아니죠. 자즈는 한국에 올 생각이 없거든요. 이미 걸렸는데 한국에 오겠어요?"

"……."

"물론 당신에게 돈을 줄 수도 있겠죠."

오광훈은 그렇게 말하면서 미소 지었다.

"그런데 그 돈을 다시 가지고 갈 건데?"

"무? 무슨 소리입니까! 돈이라니요!"

"아니, 상황이 그렇잖아요. 재판은 이미 시작된 상황이거
든."

슈퍼 카로 사람을 쳤다.

그러면 그 슈퍼 카가 멀쩡하냐? 그건 아니다.

범퍼는 깨졌고, 보닛은 찌그러졌으며, 유리창은 깨졌고,
지붕은 주저앉았다.

폐차는 하지 않았지만, 그걸 고치기 위해서는 페어리 본사
로 들어가야 한다.

"총수리비 4억 9천만 원."

"허억!"

차량 수리비는 전혀 생각하지 않고 있던 매니저의 입에서
헛바람이 새어 나왔다.

"설마 그 돈을 JP에서 내줄 거라 생각하는 건 아니지요?"

"그, 그건……."

"물론 JP에서 내줄 수도 있지요. 하지만 만일 JP에서 당신
에게 구상권을 청구한다면 어떻게 될까요?"

구상권.

쉽게 말해서 그 관련자가 업무와 관련해서 피해를 입힌 경우에 그 피해를 일단 소속 단체가 물어 주고, 그 손해만큼을 그 피해를 입힌 자에게 물도록 하는 거다.

"애초에 이걸로 구상권을 청구하지 않는 게 이상한 거죠."

그걸 오광훈이 눈을 크게 뜨고 지켜보고 있는 상황이다.

"이미 사건이 터졌고, 당신이 자기 잘못이라고 주장한 후에 감옥에 간다고 해도, 그들이 당신에게 돈을 줄 리가 없죠."

이미 자즈는 도망갔으니 어떻게든 손실을 최대한 줄여야 할 테니까.

돈을 준다?

오광훈의 말대로 JP에서 돈을 주는 순간 범죄 은폐를 인정하는 건데, 그건 JP가 자즈의 종범이 된다는 걸 의미한다.

"난 말입니다……."

오광훈은 히죽였다.

그 미소를 본 남자는 등골이 오싹했다.

"만일 JP에서 당신에게 돈을 요구하지 않으면 종범으로 보고 조사할 겁니다."

"……!"

그걸 알고 있는 입장에서 JP는 당연히 구상권을 청구할 것이다.

"그리고 구상권이 청구되면 당신이 그 돈을 모조리 갚아야 하겠지요. 아, 물론 피해자에 대한 손해배상은 따로고요. 그러면 돈이 얼마나 될까요? 10억? 20억?"

이죽거리는 오광훈.

"슈퍼 카 수리비뿐만 아니라 그에 준하는 차량의 렌트비까지 생각하면 족히 20억은 될 것 같은데요?"

20억이면 절대 적은 돈이 아니다.

과연 양재형과 JP가 그 돈을 줬을까?

'절대 그럴 리가 없지.'

만일 20억이라고 하면 애초에 벌써 사건은 끝났을 것이다.

JP에서 피해자에게 손해배상과 합의금으로 20억을 준다고 하면 어지간하면 합의가 이루어질 것이다.

애초에 운전자가 드러나지 않은 상황에 20억에 합의가 되었다고 하면 합의서가 들어올 테고, 오광훈은 그 합의서를 기반으로 운전사를 취조하겠지만 합의가 이루어진 이상에야 딱히 깊이 수사할 필요가 없으니 당연히 거기서 대충 마무리하고 끝냈을 것이다.

그런데 오광훈이 이렇게까지 파고든 이유는 합의가 이루어지지 않았기 때문이다.

즉, JP는 최대한 돈을 주지 않으려고 한다는 걸 의미한다.

"당신이 받기로 한 돈이 얼마나 됩니까? 3억? 4억?"

일반인이라면 꿈도 못 꿀 돈이겠지만 기업의 입장에서는 푼돈일 게 뻔하다.

"어때요? 사실을 말할 생각이 있습니까?"

오광훈은 이죽거리며 말했다.

"아, 물론 그래도 입 다물고 그 돈을 들고 중국에 가도 될 거라고 생각할 수도 있겠지요. 그런데 한국 법원의 판결은 중국에서도 먹히거든요."

"그건……."

"만일 차량 주인이 한국 재판부에서 이겨서 당신한테 돈 달라고 중국에 가면, 당신 재산은 영혼까지 털린다는 거지."

즉, 그 돈을 지킬 수 없다는 뜻.

그리고 그걸 오광훈이 처음부터 끝까지 지켜보겠다는 말에 매니저는 무너질 수밖에 없다.

"사실은…… 제가 운전하지 않았습니다."

"오호, 그래요?"

"사실 그때 운전한 건 자즈입니다."

⚖

"자즈 이 새끼, 미친놈 맞더라."

10억짜리 슈퍼 카, 그게 들어온 날 밤.

자즈는 자신이 그걸 몰고 싶다고 했다.

하지만 애초에 촬영용으로 빌린 차이고, 보험 자체도 촬영에 제한된 탓에 무단으로 끌고 갔다가 사고라도 나면 그걸 모조리 생돈으로 메꿔야 하기에 회사에서 허락할 리가 없었다.

"그런데 어떻게 끌고 간 거야?"

"몰래 키를 꺼내 온 거지."

자즈는 그걸 가지고 차를 몰고 바깥으로 나온 것이다.

"경비원이 있다고 하지 않았어?"

"엄밀하게 말하면 거기에 상주하는 건 아니야."

주차장의 입구에는 차단기가 달려 있고, 경비원은 경비실에서 있다가 신호가 오면 확인하고 차단기를 올려 주는 방식의 시스템이었다.

"그런데 그 페어리930이 차고가 더럽게 낮더라고."

"아하!"

슈퍼 카 계열은 보통 차고가 낮다.

그래야 주행 안전성이 늘어나기 때문이다.

어마어마한 속도로 달리는데 주행 안전성이 개판이면 차가 허공을 날아다닐 테니까.

"그래서 그 차단기 아래로 지나갈 수 있더라고. 차단기가 높이가 좀 되는 모양이야. 하긴, 요즘은 SUV가 워낙 많으니까."

"얼씨구?"

당연히 경비원들은 차단기 아래로 나갈 거라고는 생각도 못 했다.

"그리고 속도를 낼 수 있는 교외 쪽으로 몰고 간 거지."

그리고 미친 듯이 밟다가 사람을 치어 버린 것이다.

"결국 그 사건으로 인해 그 남자가 피해자가 된 거고."

사건이 터진 후에 자즈는 다급하게 소속사에 전화를 걸었고, 소속사는 해직 직전에 있던 매니저를 설득해서 대신 죄를 뒤집어쓰도록 했던 것이다.

"그놈도 어지간하다. 보통은 그렇게까지 하지는 않을 텐데."

"JP 쪽에서 4억을 보장했다고 하더라."

중국에서 온 그에게 4억은 어마어마한 돈이다.

중국으로 돌아가면 지방에 작은 빌딩 한 채는 살 수 있는 돈이고, 사실 그가 이 바닥에서 20년을 일해도 벌기 힘든 돈이기도 하다.

"어차피 무능해서 해직 직전이었고 공장은 죽어도 가기 싫었대."

딱 눈감고 2년만 감옥에 갔다 오면 4억이라는 말에, 매니저는 눈을 질끈 감고 대신 감옥에 가기로 한 것이다.

"잘하는 짓이다."

노형진은 혀를 끌끌 찼다.

"어찌 되었건 진술을 받아 냈으니 자즈에 대한 영장을 청구하는 건 어려운 일은 아니야."

다만 이미 자즈가 중국으로 도망갔다는 게 문제이지만.

"그 녀석이 반성하면서 들어올 가능성은 없겠지?"

"바랄 걸 바라라."

자즈는 한국에다가 칼을 꽂고 도망간 놈이다.

"중요한 건 일단 범인을 잡았다는 거야."

최소한 그걸로 손해배상 청구는 가능하다.

"일단 이걸로 양재형과 JP에 손해배상을 청구할 거야. 양재형을 감옥에 보내지는 못하겠지만."

살인 사건을 은폐하려고 했고 그 때문에 결과적으로 범인인 자즈가 도망갈 수 있는 시간을 벌어 줬다.

"하지만 이미지가 완전 작살나겠지."

물론 바로 무너지지는 않을 것이다.

그들은 권력과 손잡았고, 기업이라는 특성상 누군가 또 다른 사람을 희생양으로 해서 살아날 것이다.

"하지만 일단 피해자의 치료비와 생활비는 되겠지."

사실상 식물인간인 상황에서 그가 살아날 가능성은 낮다. 그렇다고 과연 그 호흡기를 뗄 수 있을까?

"이런 경우에 지랄맞은 게 바로 돈이거든."

"일단은 그걸 확보한 셈이군."

"맞아."

식물인간이라지만 아예 뇌사가 아닌 이상에야 살아날 가능성은 존재한다.

하지만 많은 가족들이 그 호흡기를 뗄 수밖에 없는 이유. 그건 병원비 때문이다.

"하지만 소송을 통해 JP에 치료비를 요구할 수 있지."

더군다나 JP는 운전자만 바꿔치기한 게 아니다.

당장 사건이 벌어진 현장에서 바로 신고했다면 구급차가 달려왔을 테고, 식물인간 상태까지는 되지 않았을 수도 있다.

"하지만 무려 4시간을 길바닥에 방치했지."

매니저가 바보도 아니고, 4억을 줄 테니 감옥에 가라 했을 때 바로 콜 하지는 않았다. 당연히 꽤 긴 시간 동안 설득 작업이 이어질 수밖에 없었고, 그게 치명적인 피해가 된 것이다.

"그러니 적지 않은 돈을 받아 낼 수 있겠지."

애초에 시간을 지체하도록 한 이상 양재형과 JP는 그 돈을 물어내야 할 것이다.

"지금은 일단 그 정도면 충분할 거야."

"그러면 자즈는 어쩔 거야?"

"걱정 마. 이미 자즈는 해결책을 준비해 놨으니까. 애초에 자즈를 중국에 보낸 건 나라고, 후후후."

그리고 그게 자즈의 가장 큰 실수가 될 거라는 걸 노형진은 알고 있었다.

⚖️

"그래서 뭐?"

자즈는 한국 방송을 보면서 피식 웃었다.

매니저가 양심선언을 하면서 자신에게 구속영장이 나왔다

지만, 그는 중국에 있다.

한국에서 할 수 있는 건 없다.

"운이 좋았어. 적당한 타이밍에 빵즈한테서 벗어났네."

빵즈는 한국을 무시하는 중국인의 속어다.

애초에 자즈는 한국을 존중한 적이 없었다. 다만 한국에서 연예인이 되고 싶었을 뿐이다.

그리고 그게 성공했으니, 돈도 안 되는 한국은 신경도 쓰지 않는다.

"하지만 그래도 문제가 되지 않을까?"

"아, 진짜 인터넷 못 봤냐? 중국은 그런 건 신경 쓰지 않는다니까."

도리어 중국의 인터넷에서는 자랑스러운 중국인이 빵즈를 죽이고 왔다고 영웅 취급하는 놈들까지 있을 정도로 자즈의 인기는 하늘을 찌르고 있었다.

"빵즈 나라에는 가지 않으면 그만이야."

자즈는 그렇게 이죽거리더니 호기심 어린 표정으로 물었다.

"그나저나 방송 출연은 어떻게 되어 가고 있어?"

"사방에서 널 못 불러서 안달이지."

한국은 연예인에게 너무 많은 걸 요구한다.

특히나 예의나 인성을 많이 따지는데, 평생을 있는 자로서 살아온 자즈는 그걸 참고 사는 게 너무 힘들었다.

하지만 이제는 마음대로 할 수 있다는 생각에 미소가 떠올랐다.

여자도 마음대로 건드릴 수 있고, 매일같이 여자를 바꿔도 누구도 뭐라고 하지 않는다.

한국에서는 넘치는 여자들을 보고도 문제가 될까 봐 침만 삼켰는데 이젠 그럴 필요가 없다.

"좀 곱상한 애들 나오는 프로로 준비해 줘."

"그래, 그래야지."

고개를 끄덕거리는 매니저.

이 둘은 노형진이 미리 준비한 게 뭔지 꿈에도 생각하지 못하고 있었다.

"한국은 여러 가지 문제가 많지요."

"그럼요. 선진국인 것처럼 행동하지만 후진적인 나라입니다. 중국과는 비교도 안 되죠."

한국에서 성공하고 중국으로 간 중국 출신의 연예인이 가장 많이 써먹는 콘텐츠가 뭘까?

그건 다름 아닌 한국을 씹는 거다.

한국의 연예인 시스템이 훨씬 우월한 건 사실이다.

하지만 문화적으로 우월하다는 중국인들의 생각이 있기

때문에 그걸 인정하지 않으려고 하는 사람들이 많고, 그래서 한국에서 활동하다가 중국으로 간 중국 출신 멤버들은 하나같이 중국을 찬양하고 한국을 격하한다.

"중국같이 자랑스러운 자존심도 없고, 그냥 돈만 되면 뭐든 한다는 게 한국의 문화죠. 전 세계적으로 잘나간다지만 뭐, 죄다 성형으로 만들어지는 놈들이니까요."

"괴물이군요."

"맞습니다. 괴물이죠. 인공적으로 얼굴을 다 뜯어고치니까요. 중국처럼 능력 있는 사람들이 많지 않거든요."

"그렇지요? 한국이 뭐 잘난 척하지만 인구가 많은 것도 아니고."

"맞습니다. 한국은 중국 인구의 20분의 1도 안 됩니다. 고작 5천만이에요. 그 안에 재능을 가진 사람이 태어나 봐야 얼마나 태어나겠습니까? 재능요? 그거 다 만들어지는 거예요. 얼굴은 의사가 고치고, 음악도 죄다 조작해 둡니다. 그리고 립싱크 하는 거지, 중국처럼 재능을 키워 주는 시스템이 아닙니다."

자즈 역시 그들의 전철을 밟아 가면서 한국을 씹고 중국을 찬양하면서 자신의 계좌로 들어올 돈을 생각하고 있었다.

그러나 이미 노형진에게 포섭된 중국 방송의 MC는 슬쩍 이야기를 다른 쪽으로 돌렸다.

"그렇다고 하더군요. 그런데 한국 연예인들은 개나 소나

다 마약을 한다면서요?"

"아, 네. 그렇다고 하더군요. 제 주변에도 마약을 하는 놈들이 널리고 널렸습니다. 아마 여기서 제가 입을 열면 한국 연예인들 여럿 날아갈 겁니다, 하하하."

웃으며 말하면서도 자즈는 왠지 등골이 오싹해졌다.

"그래요. 자즈 씨를 유혹하는 사람은 없던가요?"

"아, 없지는 않았지요. 마약 클럽에 들어오라고 하는 사람들이 많아서요."

"이름 좀 말씀해 주세요. 그런 마약쟁이들이 활동하게 둘 수는 없지 않습니까?"

중국은 마약이라고 하면 경기를 일으킨다.

과거에 아편전쟁 때문에 나라가 망할 뻔한 중국이었기에 마약이라고 하면 무조건 사형에 처한다.

그만큼 마약에 대한 대응이 철저한 게 바로 중국이다.

"네?"

MC의 질문에 자즈는 약간 당황했다.

물론 한국을 씹기 위해 나온 방송인 만큼 그건 상당히 쓸만한 주제다.

"요즘 한류라고 해서, 중국에서 활동하는 한국 연예인들이 많지 않습니까? 물론 그들의 재능은 인정해야겠지요. 하지만 그들이 마약을 하는 놈들이라면 중국에서 활동하게 놔둘 게 아니라 잡아야 하지 않겠습니까?"

"어…… 그게……."

자즈는 눈을 데굴데굴 굴렸다.

그럴 수밖에 없다. 사실 증명할 방법이 없으니까.

애초에 씹기 위해 나온 방송이었고, 증거는 물론 소문도 제대로 들어 본 적 없다.

애초에 자즈는 중국인이었고, 오래 활동한 연예인도 아니다. 즉, 그런 소문을 주고받을 정도의 인맥도 없었고, 그냥 연예인들이 마약을 한다더라 하는 뜬소문만 듣고 있었는데 그건 개나 소나 다 듣는 소문이다.

애초에 연예계에서 마약 이야기가 빠질 리가 없으니까.

"마약을 하는 마약쟁이 중에 중국에서 활동하거나 중국에서 돈을 버는 사람들이 한두 명이겠습니까? 그런 놈들에게 중국의 소중한 자산을 줄 수는 없지요. 당연히 퇴출시켜야 합니다. 그런 의미에서 자즈 씨가 마약을 하는 한국 연예인들이 누구인지 이야기해 주시면 고맙겠네요."

'씨발.'

자즈는 당황했다.

MC는 어떻게든 마약을 한 사람들의 이름을 알아내려고 하는 것 같았다.

'어쩌지, 이거?'

여기서 아무 이름이나 이야기하면 일이 커진다. 한국에서 잘나가는 연예인들은 대부분 중국에서도 잘나가니까.

아무리 한국에 돌아가지 않을 거라고 하지만 여기서 그들과 싸우는 건 좋은 생각이 아니다.

중국은 법적으로 중국 사람이나 기업을 끼지 않으면 사업을 못 한다.

그 말은 중국에서 활동하는 한국 연예인은 중국 기획사 소속이라는 거고, 여기서 아무 이름이나 불렀다가는 그쪽에서 소송하고 난리를 칠 거라는 거다.

자즈는 한국에서 돌아온 지 얼마 되지 않았다.

즉, 제대로 된 인맥도 없다.

그런 기획사들과 싸우기 시작하면 방송국에서 불러 줄 리가 없다.

더군다나 중국에서 활동하는 연예인들이 속한 기획사는 절대 작은 곳이 아니다.

바보도 아니고, 굳이 작은 곳에서 활동하는 한국인 연예인이 있겠는가?

즉, 소송전에 들어가면 아주 더러워질 거라는 거다.

더군다나 아무 이름이나 막 댔다가 본인이 검사 기록을 가지고 와 마약을 하지 않았다는 게 드러나면, 그 파급력은?

당연히 해당 연예인을 좋아하는 한류 팬들에게 어마어마하게 공격당할 것이다.

아직 중국에서 그리 큰 팬덤은 없는 자즈다.

지금 있는 팬덤은 엄밀하게 말하면 자즈의 팬덤이라기보

다는 헌티드에 속한 자즈의 지지층에 가까우니까.

"그 마약을 하는 사람이 누군가요?"

"그건……."

그렇다고 여기서 잘 모른다고 한다?

그러면 생방송에서 거짓말한 셈이 된다.

당연히 그것도 문제가 된다. 생방송에서 거짓말하는 사람을 좋게 보는 사람은 없으니까.

"여기서 공개하는 건 적절하지 않다고 생각합니다, 하하하."

웃음으로 넘기려고 하는 자즈. 그러나 이미 돈을 받은 MC는 집요하게 그를 물고 늘어졌다.

"뭐가 적절하지 않다는 거지요?"

"네?"

"아니, 그렇지 않습니까? 마약을 하는 연예인들은 중국에 들어올 자격도, 가치도 없습니다. 도리어 자즈 씨같이 깨어 있는 사람이 그들을 공개해야 중국에서 그들이 돈을 벌어 가는 것을 막을 수 있지 않을까요? 제가 보기에 이건 중국의 자존심이 걸린 문제 같은데요."

중국의 자존심이 걸린 문제라고 못까지 박아 버리는 MC 때문에 자즈는 눈을 살짝 찡그렸다.

'아, 뭐야. 씨발. 적당히 씹어야지. 그걸 걸고넘어지면 어쩌자는 거야?'

물론 자즈는 마약을 하지 않았다.

언젠가는 중국으로 돌아올 생각이었으니까.

도리어 그 때문에 주변에 마약 하는 놈들과 접할 일이 없었고, 그래서 그쪽 정보는 전혀 없었다.

그는 자신이 깨끗하면 그만이라고 생각했으니까.

하지만 그건 노형진을 몰라도 너무 몰라서 한 생각이었다.

"음…… 그건 공개하지 않는 게 좋을 것 같습니다."

"아까는 마약을 하는 한국 연예인을 아신다면서요?"

"여럿 있지요."

"그들의 이름을 말해 주시는 게 그렇게 어려운 일인가요?"

거듭되는 MC의 질문에 자즈는 점점 식은땀이 흘렀다.

"그건…… ."

어쩔 줄 몰라 하는 자즈의 얼굴이 한창 생방송으로 나가고 있을 때 노형진은 중국에서 그 장면을 보며 미소 짓고 있었다.

"미치고 팔짝 뛸 기분일 거다, 후후후."

자즈가 마약을 하지 않는다는 건 노형진도 안다.

애초에 중국에서 활동하려고 하는 사람은 마약을 해서는 안 된다. 만일 그랬다가 중국에서 잡히면 연예인이고 나발이고 당장 총살의 대상이 될 수도 있으니까.

"하지만 이건 몰랐겠지."

중국 방송의 한국 까기에 대해서는 노형진도 잘 알고 있었다. 오래된 콘텐츠고, 요 근래 한류에 대해 중국이 상당히 경계하기 시작했기 때문이다.

그리고 그걸 막는 방법 중 하나가 바로 한류를 까는 거다.

사실 지금 중국 출신으로 한국에서 활동하다가 온 연예인들은 모두 그 작업에 동원되고 있었고, 자즈 역시 그런 프로그램에 나올 거라는 걸 알기에 노형진은 MC에게 접근해서 해당 질문을 하도록 부탁한 것이다.

만일 다른 질문이었다면 그 MC는 거절했을 것이다. 그의 임무는 대한민국을 까는 거니까.

하지만 이 질문은 누가 봐도 한국을 까는 질문이었고, 거기에 적당한 보상이 함께하자 그는 그 질문을 하는 데 하등 양심의 가책을 느끼지 않았다.

"시작할까요?"

노형진이 물끄러미 화면만 바라보고 있자 옆에 있던 남자가 다가와서 물었다.

"시작하세요."

"알겠습니다."

남자는 뒤쪽으로 신호를 보냈고, 컴퓨터를 앞에 두고 있던 사람들은 그 순간부터 미친 듯이 글을 쓰고 댓글을 달기 시작했다.

－왜 말 못 하지?

－자즈도 마약쟁이 아냐?

－맞는 듯. 그러니까 대답 못 하지?

－설사 안 한다고 해도, 마약쟁이 감춰 주는 순간부터 문제 있는 거 아냐?

－와, 미친 새끼. 마약쟁이랑 붙어먹었나?

인터넷에서 씹어 대는 글들이 미친 듯이 불어나기 시작했다.

그리고 그걸 보면서 노형진은 씩 미소를 지었다.

⚖

"이 뭔……."

자즈는 당혹감에 아무 말도 할 수가 없었다.

중국의 모든 인터넷이 자즈를 욕하는 글로 가득했다.

중국은 집단 사상을 중요시한다.

특히나 마약 같은 범죄를 은닉하는 자들은 절대 용서하지 않는다.

그나마 자즈의 편이 되어 줄 만한 이들은 그의 팬이지만 그래 봐야 결국 한 줌일 뿐이고, 그들이 자즈에 대해 좋은 여론을 만들어 내기 전에 노형진이 먼저 자즈에 대한 나쁜 여론을 대량으로 만들어 냈다.

"이거 어떻게 된 거야?"

"아, 미치겠네. 왜 방송에서 그런 식으로 말한 거야?"

"아니, 그러면 뭐라고 하는데?"

"소문만 들었다, 아니면 그렇다고 하더라 식으로 대꾸할 수도 있었잖아! 그런데 거기서 대놓고 마약쟁이들을 안다고 말해 버리면 어떻게 될 것 같냐? 응?"

매니저는 미칠 노릇이었다.

그는 매니저로서 골드존에 고용된 사람이다. 힘들게 연예인을 담당하게 되었는데 상황이 너무 좋지 않았다.

"아, 씨발……. 이거 어쩌지?"

자즈는 한국에서만 활동했다 보니 방송의 기준도 한국으로 삼았다. 중국에서 활동한 기간이 지극히 짧으니 중국에 대해 잘 모를 수밖에 없었다.

중국은 한국과는 애초에 방송문화가 달랐고, 그렇게 대놓고 타국을 까며 자국 위주로 물고 빨게 했다.

그런데 거기에다 대고 마약쟁이는 아는데 말은 못 한다고 했으니 미친 듯이 까이는 건 당연한 일이었다.

"이거 어쩌지?"

"어쩌긴! 적당히 둘러대야지. 이거 이름을 까기 전에는 안 끝나."

"나 모르는데?"

"중국에서 활동하지 않는 급 낮은 애들 위주로 까 버려.

그러면 그 애들이 지랄해도, 자기들이 어쩔 건데?"

결국 그게 최선이기에 자즈는 한숨을 푹 쉬었다.

"그러니까 제일 적당한 게……."

머리를 부여잡고 적당한 희생양을 생각하는 그때, 누군가가 호텔의 문을 두들겼다.

"누구야?"

"공안입니다."

"공안?"

자즈의 얼굴이 노란색으로 변했다.

중국에서 공안의 힘은 절대적이다.

호텔의 문에 달린 작은 보안 렌즈를 통해 공안복을 입은 남자를 확인한 매니저는 문을 열었다.

"무슨 일입니까?"

"자즈, 아니 류완다오 있습니까?"

"아, 자즈는 왜……?"

"류완다오에 대한 고발이 들어왔습니다. 마약 사범을 은닉해 주고, 스스로도 마약을 한다고 의심이 든다고."

"아……."

매니저는 머리를 부여잡았다.

누군가 극렬 분자는 고발할지도 모른다고 생각했는데 진짜로 고발한 놈이 있었던 것이다.

물론 고발한 건 노형진이었지만.

"여기에 있는 합니다만…… 그게…….'

"동행하시죠. 조사해야겠으니."

"그건 좀……."

매니저는 막으려고 했지만 공안은 눈을 부라렸다.

"지금 마약 사범을 은닉해 주는 겁니까?"

"아니, 자즈는 마약을 하지 않았습니다."

"그건 끌고 가서 검사해 보면 나오겠지."

"아……."

매니저가 아무리 잘났다고 해도 결국은 평범한 민간인일 뿐이다. 공안이 사람을 끌고 가려고 하는데 막았다가는, 중국에서는 수많은 실종자 중 한 명이 된다.

"끌어내."

"자, 잠깐! 뭐 하는 거야! 지금 뭐 하는 짓이야! 내가 누군지 알아!"

"그건 내 알 바 아니지. 끌고 가."

공안은 자즈를 강제로 끌고 갔고, 자즈는 저항할 수밖에 없었다.

"내가 누군지 알아! 내 아빠가 누군지 아냐고! 우리 아빠 문화부 차관이야! 내가 이거 그냥 넘어갈 줄 알아!"

"마약 사범에 대한 조사다. 동행하지 않는다면 강제로 끌고 가는 수밖에."

물론 문화부 차관의 힘이 강하기는 하다.

공산당 내부에서도 힘이 강하니까.

하지만 마약이라는 주제가 붙은 이상 일단 그를 데리고 가서 조사해야 한다.

물론 현실적으로 가서 제대로 된 조사는 할 수가 없다.

당 간부의 자제라면 더더욱 말이다.

"놔! 놓으라고! 너희들, 내가 다 잘라 버릴 거야!"

그런데 자즈는 잘못 행동했다.

차라리 여기서 조용히 같이 갔다면 문제가 되지 않았을 것이다. 하지만 그는 공안이라는 말에 잔뜩 겁먹고 격렬하게 저항하면서 끌려갔다.

그리고 그 장면을 좀 떨어진 곳에서 누군가 촬영하고 있다는 걸 아무도 눈치채지 못했다.

⚖️

얼마 후 자즈는 예상대로 풀려났다.

중국공산당의 핵심인 문화부 차관의 자녀를 오래 조사할 정도로 공안이 힘이 있는 건 아니었으니까.

"역시나 그렇게 되네."

노형진은 자즈가 나오는 모습을 보면서 피식 웃었다.

하긴, 하루 동안 잡아 둔 것만 해도 공안의 입장에서는 많이 무리한 거다.

아마 어제부터 공안의 전화기에 불이 났을 것이다.

"뭐, 그래 봤자지만."

노형진은 슬쩍 인터넷을 바라보았다.

중국이 가장 무서워하는 게 뭘까?

그건 바로 인터넷이다.

사실 중국은 어마어마하게 부패한 나라다. 고작 시장 정도 되는 사람이 조 단위의 뇌물을 우습게 쌓아 둘 정도로 말이다.

그럼에도 불구하고 그들은 외부적으로는 반부패의 기치를 높이 올리고 있다. 그래서 중국은 인터넷에서 나오는 사건, 특히 부패 의심 사건에 무척이나 예민하게 반응한다.

실제로 모 경찰서장의 와이프가 수입 차를 끌고 다니면서 갑질을 했던 동영상이 올라왔을 때 중국의 인민들은 고작 경찰서장의 와이프가 무슨 돈이 있어서 비싼 수입 차를 끌고 다니냐고 의심했고, 중국 당국은 번개같이 그를 조사해서 체포하고 감옥에 보내 버렸다.

당황한 와이프가 인터넷에서 빌었지만 소용없었다.

이슈가 되어서 부패로 찍혀 버리면 중국 정부는 가차 없이 밟아 버린다.

그래야 더 큰 부패가 걸리지 않으니까.

"그리고 이 정도면 충분히 관심이 가겠지, 후후후."

—이거 안 놔! 내가 누군지 알아! 우리 아빠가 누군지 아느냐고! 문화부 차관이야!

　당황하며 끌려 나가는 자즈의 모습.
　그게 인터넷에 쫘악 퍼졌다.
　사실 저항을 예상하는 건 어려운 일이 아니다.
　중국에서 공안은 공포의 대명사니까.
　원래는 그걸 뿌리면서 자즈의 아버지에 대해 흘릴까 했는데, 자즈가 잔뜩 겁을 먹고 자기 입으로 나불거린 덕분에 그럴 필요가 없어졌다.

　—결국 이거냐? 마약쟁이라도 공산당 간부 아들이면 풀어 주는 거냐?
　—부패를 몰아내자!
　—자즈를 몰아내자!
　—마약쟁이를 몰아내자!

　인터넷은 뜨겁게 달구어졌다.
　노형진이 딱히 작업한 게 아니었다. 자즈의 행동이 방아쇠였을 뿐이다.
　그는 잡혀간 지 채 스물네 시간도 안 되어서 풀려났다.

마약 사범이거나 마약 사범을 진짜로 알고 있다면 불가능한 일이다.

그런데 자즈는 방송에서 자신이 안다고 확답했고 제보를 거부했다.

그래서 공안이 끼어든 건데 그마저도 풀려났다?

그러면 중국에서 나오는 답은 뻔하다.

-자즈의 아버지에 대해 조사하라!

아버지의 힘으로 사건을 덮었다는 결론.

노형진이 자즈의 아버지에게 제대로 힘을 쓸 수는 없다. 하지만 자즈와 엮을 수는 있다.

"자즈의 아버지에 대해 공산당에서 제대로 조사를 시작했답니다."

"그래요?"

"네. 그런데 별로 조사하지도 않았는데 어마어마하게 터져 나오고 있답니다."

"그렇겠지요."

중국공산당의 핵심 간부가 부패하지 않았다?

그것만큼 개소리가 어디에 있을까?

하물며 문화부라고 하면 여러모로 돈이 많이 들어올 수밖에 없는 자리다.

이미 노형진은 뒷조사를 통해 자즈의 아버지에게 여러 명의 첩, 즉 얼나이가 있다는 걸 확인했다. 정상적인 월급만 받아서는 얼나이를 유지한다는 건 불가능하다.

"자, 그러면 자즈, 최종장이다."

"젠장…… 어쩌다 이렇게 된 거지?"

자즈는 손톱을 물어뜯었다.

오늘 아침 아버지가 부패 혐의로 잡혀갔다고 들었다.

그리고 공산당원에게 부패 혐의란 모든 걸 잃어버리는 걸 뜻한다. 눈 가리고 아웅이라지만 인민들이 아는 것과 모르는 건 전혀 다른 문제다.

"이거 어떻게 된 거야?"

갑자기 매니저조차도 그에게 오지 않는다.

소속사에 전화해 봤지만 그쪽에서도 상황을 파악 중이라는 소식만을 전해 왔다.

"젠장! 젠장! 나보고 어쩌라고!"

이 와중에 자즈의 엄마는 너 때문에 집안이 망했다면서 대성통곡을 했고, 그 때문에 그는 집에도 가지 못하고 쫓겨났다.

돈? 지금은 돈도 없다.

한국에서 친 사고 이후에 한국 피해자들이 중국 은행에 있는 계좌를 압류해 버린 것이다.

"그래, 일단 회사로 가 보자."

자즈는 회사에서도 자신을 버릴까 봐 두려움에 벌벌 떨었다.

그럴 수밖에 없다. 지금 아버지는 잡혀갔고 집안은 박살 났다. 그리고 그는 마약 사건 이후에 팬들에게 철저하게 버려졌다.

당연하게도 소속사 입장에서 자즈의 가치는 사라졌다.

막대한 계약금을 줬지만 써먹을 수가 없게 되었으니까.

"일단 가서…… 가서 뭐든 해야지."

골드존은 중국에서 강한 힘을 가진 기업이다.

일단 자신이 돈이 된다는 것만 확실하게 어필할 수 있다면 어떻게든 자신을 보호해 줄 거라 그는 생각했다.

하지만 그런 그의 생각은 실행될 수가 없었다.

그가 나가기 위해 문을 열었을 때, 거기에는 공안이 서 있었다.

"류완다오?"

"허억!"

"너를 체포한다."

"체, 체포라니! 난 아무것도 안 했어! 아무것도 안 했다고! 공안에 가서 다 말했잖아! 그거 방송이라서 뻥친 거라고!"

그때는 그걸로 충분히 넘어갈 수 있었다.

아버지가 힘을 가지고 있던 시기였으니까.

하지만 이제는 그러기에는 힘이 너무 부족했다.

"그 건이 아니다."

"뭐라고?"

"한국에서 범죄인인도 요청이 들어왔다."

"버, 범죄인인도 요청?"

자즈는 사색이 되었다.

"법원 심사 이후에 한국으로 송환될 것이다."

"아, 안 돼! 안 돼! 안 돼!"

자즈는 미친 듯이 몸부림쳤지만 이제는 아무도 그를 도와주지 않았다.

"자즈 녀석에 대한 인도 요청이 중국 법원에서 인정되었다고 하더라?"

국밥을 먹으면서 오광훈은 시큰둥하게 말했다.

"그래? 다행이네. 언제쯤 온대?"

"다음 주 중으로는 올 것 같아."

"잘된 것 같네. 뭐, 그쪽 재산을 다 털어먹었으니 피해자 쪽도 좀 더 나아지겠지."

양재형은 노형진의 예상대로 희생양을 내세워서 사건을 벗어났다. 하지만 JP의 이미지는 완전히 개떡이 되었으니 장기적으로는 양재형과 JP의 몰락을 가속화할 것이다.

'이번에는 좀 빨리 망할지도 모르겠는걸.'

물론 쉽게 망하지는 않을 것이다.

그러나 다른 소속사들이 이미 JP에 속한 연예인들에게 접근하고 있다. 소속사의 이미지가 망가진 이상 연예인들도 계약 갱신을 꺼리게 되어 버렸으니까.

생각보다 빠르게 이탈이 시작될 것이다.

"제대로 벌은 받을 수 있겠지?"

"그렇겠지. 일단 해외로 도피했으니 구속은 확정이고, 운전자를 바꿔치기한 게 명확하니까. 이모! 여기 깍두기 한 접시만 더 주세요!"

느긋하게 국밥을 먹으면서 말하는 오광훈.

"아주 그냥 인기가 하늘을 찌르겠네, 아주."

그건 오광훈에 대한 말이다.

그렇잖아도 다들 자즈에 대해 처벌할 방법이 없다고 생각했다. 그런데 어떻게든 끌고 와서 처벌했으니까.

물론 그 과정에 들어간 노형진의 노력은 언제나처럼 감춰지겠지만.

"이제 사고 치고 중국으로 튀려고 하는 놈은 없겠지?"

"그렇겠지."

"다행이네, 꺼억."

"아, 씁…… 더럽게."

"고맙다."

"고마우면 오늘 계산은 네가 해."

"부자가 쪼잔하게."

"쪼잔은 무슨."

노형진은 그냥 피식 웃고 말았다.

"그나저나 중국에서 잡을 놈이 많네."

"응? 도피한 놈들?"

노형진은 고개를 흔들었다.

범죄를 저지르고 도망간 놈들은 엄밀하게 말하면 그의 영역이 아니다.

"아니. 한국 회사에 칼을 꽂고 도망간 연예인들 말이야."

"아하!"

"이번에 보니 많더라고."

노형진은 히죽 웃었다.

사실 이 문제는 계속된다.

어쩔 수가 없다. 돈이 되고 그 돈을 혼자 먹고 싶은 게 사람의 본능인데, 거기에다 중국인들은 의리도 없고 돈에 욕심이 많으니까.

"그러니 이번에는 취미 삼아서 그 애들을 족쳐 볼까 하고."

"거참, 몹쓸 취미네."

오광훈은 피식 웃었고 노형진 역시 피식 웃었다.

"그리고 아주 재미있는 취미지, 후후후."

과거가 현재를 잡아먹다

"너무 많이 바뀌기는 했네."

노형진은 사무실에서 책장에 놓여 있는 지구본을 보면서 중얼거렸다.

장식용으로 놔둔 지구본이지만 노형진에게는 남다른 의미가 있었다.

어느 틈엔가 그의 힘이 강해지면서 세상이 많이 바뀌었다.

처음에는 한국이, 그리고 지금은 아시아가 바뀌었다.

중국과 일본의 사이는 어마어마하게 틀어졌다.

그렇잖아도 사이가 좋지 않았는데 일왕가 문제나 방사능 문제 등으로 이제는 답이 없을 정도가 되어 버렸고, 그 덕분에 한국은 제법 반사이익을 얻고 있었다.

"그런데 큰 부분은 바뀌지 않는단 말이지."

아마도 이게 운명이라는 걸까?

그렇게 생각하던 노형진은 의자를 뒤로 젖히면서 천장을 바라보았다.

"내 운명은 뭘까?"

죽음에서 돌아오게 할 정도의 운명.

지금의 자신이 하는 게 그 운명대로인지 가끔은 궁금한 노형진이었다.

"고민한다고 해서 바뀌지는 않겠지만."

노형진은 자신의 자리에서 최선을 다할 뿐이다.

"뭐가 얼마나 바뀌었는지도 모르지만……."

노형진의 얼굴에 작은 미소가 떠올랐다, 최소한 지금 하는 일이 최선을 향한 길이라 생각했기에.

그렇게 시간이 얼마나 지났을까?

"응?"

바깥에서 시끄러운 소리가 흘러들어 왔고, 노형진은 이상함을 느꼈다.

물론 새론은 법률 회사다 보니까 가끔씩 소란은 있다.

하지만 그 소란의 주체는 보통 의뢰인이나 가해자 쪽이다.

그런데 외부에서 들리는 목소리는 그런 소수의 사람이 아니었다.

다수의 사람들이 모여서 웅성거리는 소리.

"뭐지?"

어지간한 일에는 눈도 깜짝하지 않는 이들이 법률 회사 사람들이다.

더군다나 노형진의 팀별 시스템 덕분에 다른 로펌과 다르게 근무자가 쉽게 바뀌지 않아서 이렇게 전부 흥분할 일이 없었다.

노형진은 궁금증에 일어나서 문을 열고 고개를 내밀었다.

"무슨 일 있습니까?"

그런데 분위기는 생각보다 더 나빴다.

당장 일하는 사람이 한 명도 없이 다들 팀별로 모니터에 매달려 있었다.

한 팀에서 문제가 생긴 것도 아니고 단체로 뭔가 생겼다?

그건 말도 안 된다.

심지어 한두 명도 아니고 이 층에서 일하는 수십 명이?

"뭔 일 났습니까?"

"아, 노 변호사님."

"아니, 다들 왜 모여 있어요, 아침부터?"

시계를 보니 아침 10시 20분.

무슨 일인지는 모르지만 너무 이른 시간이다.

"모르셨어요?"

"아니, 뭐, 잠깐 뭐 좀 생각하느라고요. 그런데 뭘 몰라요?"

"이거요! 이거!"

다들 모니터를 가리키고 있기에 노형진은 슬쩍 고개를 내밀어서 화면을 바라보았다.

그리고 노형진의 눈썹이 파르르 떨렸다.

"이 무슨……."

"지금 난리가 났어요."

인터넷은 난리가 났다.

아니, 전 세계가 난리가 났다.

방송에서 떠드는 아나운서의 얼굴에는 당혹감과 분노가 가득했다.

─일본에서 벌어진 화학 테러로 인해 지금까지 1,200명의 사상자가 발생했습니다. 사망자만 오백 명이며 화학 가스로 인해 현재 사망자는 더욱 늘어나고 있습니다.

"가스 테러?"

일본에서 터진 화학 테러. 그건 진짜 꿈에도 생각해 보지 못한 일이었다.

"이게 뭔 말도 안 되는 소리야?"

노형진은 너무 놀라서 저도 모르게 중얼거릴 수밖에 없었다.

물론 테러라는 게 언제나 있을 수는 있는 일이다.

하지만 지금까지 화학 가스를 이용한 테러는 없었다.

정확하게는, 아시아에서는 없었다.

화학 테러는 어마어마한 피해가 발생하기 때문에 전 세계가 최고의 경계를 한다.

노형진이 중화영웅을 엿 먹일 때 왜 굳이 화학 테러라는 가짜 소문을 냈겠는가?

그걸 퍼트리는 순간 그 조직은 말살 대상이 되기 때문이다.

"이게 뭔 소리입니까, 화학 테러라니?"

"지금 일본 지하철에서 화학 가스가 터졌대요. 그래서 출근하던 사람들이 많이 죽고 다쳤다고⋯⋯."

"지하철요?"

"네."

"미친!"

지하철이라는 철저하게 한정된 공간에서 가스가 터졌으니 얼마나 피해가 크겠는가?

더군다나 출근 시간? 이건 그야말로 작정하고 터트린 거다.

'이건 말도 안 돼! 이런 일은 없었다고!'

그의 기억 속에서 일본에서 테러가 일어난 적은 없다.

아무리 이 시기에 미국에 있었다지만 무려 1,200명이나 사상자가 발생한 테러를 미국이 보도하지 않았을 리가 없다.

더군다나 폭탄도 아니고 가스? 이건 미친 짓이다.

　누군가 그 정도 테러를 했다면 전 세계가 뒤집어지는 건 당연한 일이다.

　ー현재 자위대가 긴급 출동하여 피해자를 구출하고 있습니다. 그러나 사망자가 얼마나 늘어날지 모르는 상황에서⋯⋯.

　아나운서가 갑자기 말을 멈췄다.

　손에 들린 보도 자료가 아니라 카메라 너머로 향해 있는 그의 눈은 격하게 떨리고 있었다.

　"뭐야?"

　"이거 뭐야?"

　다들 그 시선을 읽고는 걱정스럽게 중얼거렸다.

　도대체 무슨 일이 터졌기에 아나운서가 보도를 중지할 정도란 말인가?

　그리고 다시 아나운서의 입이 열렸을 때, 다들 할 말을 잃어버렸다.

　ー방금 속보가 들어왔습니다. 일본의 롯폰기힐즈역에서 새로운 가스 테러가 터졌다고 합니다. 사상자는 아직 미상이며⋯⋯.

　노형진은 머리가 띵해졌다.

"이게 무슨⋯⋯."

잘못되었다.

무언가 제대로 잘못되고 있었다.

⚖️

"이게 무슨 상황이야?"

일본에서 터진 두 건의 가스 테러.

한 곳은 시부야역, 다른 한 곳은 롯폰기힐즈역.

일본을 대표하는 역이며 유동 인구가 많기로 소문난 역이다.

그 양쪽에서 터진 테러로 인해 사망자 1,200명, 부상자 3천 명이라는 피해가 발생했다.

그리고 가스 테러라는 특성 때문에 사망자는 계속 늘어나고 있었다.

"이게 무슨 일이야?"

노형진은 말도 안 된다고 생각했다.

이 정도 사건이 터진다고?

그걸 다른 나라에서 지켜보고만 있다고?

그건 말도 안 된다.

'원래 역사에는 이런 게 없었어. 그러면 나비효과라는 건데. 도대체 왜?'

그가 여러 가지 일을 하기는 했지만 그렇다고 해서 테러를 후원한 적은 없다.

물론 테러 단체 관련하여 장난을 치기는 했지만 구입한 무기 등은 무조건 정부의 손에 들어가게 했다.

즉, 진짜로 그것 때문에 테러가 발생할 수는 없다.

하물며 가스? 그건 말도 안 된다.

가스는 보통 그 양에 비해 효과가 절대적인 건 아니다.

물론 지하철이 가스가 효과를 발휘하기에 절대적으로 유리한 곳이기는 하다. 하지만 그렇다고 해도 소량의 가스로는 이 정도의 사고를 낼 수가 없다.

더군다나 가스는 두 곳에서 터졌다.

그러면 가스가 최소한 킬로그램 단위는 넘는다는 건데, 그건 말도 안 된다.

그 정도 가스를 만들 때까지 일본 정부가 미쳤다고 구경만 하겠는가?

과거에 옴진리교가 가스 테러를 한 후에 일본은 가스를 만들 수 있는 시설과 재료에 대해 집중적으로 감시하고 있다.

이렇게 대량의 가스를 만들 수는 없다.

물론 몰래 밀수하려고 하면 할 수도 있겠지만, 그걸 거래하는 무기 브로커는 거의 없다.

그건 지난번 사건 이후에 노형진이 확실하게 알고 있는 건이다.

당연히 대한민국 정부뿐만 아니라 중국 정부, 미국 정부까지 난리가 났다.

지금까지 가스를 이용한 테러를 한 단체는 거의 없었다.

그런데 갑자기 상대적으로 테러 안전 국가로 분류되는 일본에서, 그것도 초대형 가스 테러가 터졌으니까.

"음…… 이거 참…… 심각하네."

회의실에서 김성식은 입맛을 다시며 말했다.

한국은 일본에 가깝다 보니 더더욱 두려움이 강했다.

"아직까지 범인이 나오지는 않은 것 같은데."

김성식은 테이블을 두들기며 말했다.

"아무래도 테러 단체의 소행 같은데, 그놈들이 가스를 더 가지고 있겠지요?"

"그렇겠지. 지금 일본에서 사용된 가스만 무려 4킬로그램이라고 하니까."

조사 결과, 추정되는 가스의 양은 무려 4킬로그램.

무게로만 보면 얼마 되지 않는 것 같지만 현실적으로 이건 가스가 액화되었을 때의 무게다.

그 정도면 기화되면 한 지역을 싹 쓸어버리고도 남는 양이다.

독가스 같은 경우는 0.1그램 단위로 사람을 죽여 대는 물건이니까.

"한국에서도 다중 이용 시설 사용이 많이 줄었다고 하더군요."

"한국뿐만 아닐세. 일본은 당연하고 중국도 사람이 많은 곳은 완전히 개판이 된 모양이야."

현대는 다중 이용 시설에 사람이 많이 몰린다.

일단 편리하고 또 움직이기 쉬우니까.

당장 공간을 활용하기 위해 지하철역 위에 상가나 백화점이 있는 곳이 수두룩하다.

그런 곳이 완전히 멈춰 버리다시피 했으니 국가 경제에도 문제가 많을 수밖에 없다.

"더군다나 중국에서도 사고가 터졌으니……."

중국 베이징에 있는 지하철역에서 터진 가스 테러는 모두가 정신 차리지 못한 상황에서 벌어진 사건이었다.

중국은 그 테러를 저지른 놈들에 대해 전쟁을 선포했지만 현실적으로 그들이 누구인지조차도 알아내지 못하고 있었다.

'아니, 무슨 수로 가스를 확보한 건지도 알아내지 못하고 있으니.'

동아시아의 삼국 중에서 일본과 중국이 당했다.

그런 상황에서 남은 건 한국뿐.

한국에서도 언제 테러가 벌어질지 몰라서 지하철은 아예 휑할 정도로 비었고, 기업들은 급한 업무가 아니면 자택 근무를 하도록 했다.

심지어 버스조차도 텅텅 빈 채로 움직이고 있었다.

이 시국에 신난 건 자동차 회사들뿐이었다.

"진짜 세상일은 모른다더니."

방사능 차량 이후에 망해 가던 두한이 갑작스럽게 몰려든 자동차 주문량에 행복한 비명을 지르고 있는 판국이었다.

공포에 휩싸인 사람들이 빚을 내서라도 개인 차량으로 출퇴근을 하겠다고 결심한 상황이니까.

"일단 재판부도 당장은 거의 정지 상태이니, 이거야 원."

재판부는 지난번 사건 이후에 잔뜩 움츠러들었다.

아무래도 테러라고 하면 사법부나 재판부에 대한 보복이 가장 먼저 연상되다 보니 법원도 바짝 얼어붙어서 뭘 못 하는 것이다.

"그나저나 동아시아 쪽에서도 테러리스트가 활동하게 된다면 여러모로 복잡해지겠군."

"맞습니다. 특히 한국은 관련 시스템이 워낙 약해서⋯⋯."

이런저런 이야기를 하는 와중에 노형진의 핸드폰이 울렸다.

핸드폰을 귀에 댄 노형진은 고개를 갸웃했다.

"이거, 생각지도 못한 곳인데요?"

"누군데 그러나?"

"CIA라네요."

"CIA?"

"네. 잠시만⋯⋯."

노형진은 양해를 구하고 그쪽과 통화했다.

－미안합니다, 미스터 노. 혹시 시간이 됩니까?

"통화는 가능합니다만 무슨 일입니까?"

－이번에 일본에서 터진 사건과 관련해서 도움을 받을 수 있을까요?

"글쎄요. 저희도 아는 게 없어서요."

미다스의 정보력을 기대하고 전화한 듯해서 노형진은 입맛을 쩝쩝 다셨다.

미다스의 정보력은 아무래도 사이코메트리 능력에 의한 것이 많다.

그렇기에 이번 일처럼 완전히 아무것도 없는 상황에서는 알아낼 수 있는 것이 없다.

지금 일본은 테러에 사용된 물품조차도 찾아내지 못하고 있는 상황이다. 그렇다 보니 범인을 특정하는 게 쉽지 않았다.

－아, 범인에 대한 정보를 달라는 게 아닙니다. 범인은 대충 특정되었습니다. 다만 미다스와 마이스터에서 정보를 얻을 수 있을까 해서요.

"범인을 알아냈어요?"

－네. 그런데 아직 가스를 어디서 얻었는지를 알 수가 없어서요.

"일단 만나서 이야기하지요."

노형진은 상대방과 통화를 마치고 자리에서 일어났다.

"뭐라고 하나? 범인을 알아냈다고?"

"네. 그런데 가스를 어디서 얻었는지 알아내지 못했다고, 그와 관련해서 정보를 얻을 수 있을지 물어보네요."

"음…… 일단 가 보게."

"알겠습니다."

노형진은 김성식에게 양해를 구하고 바로 경호원을 대동하여 만나기로 한 호텔로 향했다.

호텔의 카페에서 기다리고 있던 사람이 다가왔다.

"오랜만입니다, 미스터 노."

"딕슨 요원, 반갑습니다. 시간이 없으니 일단 급한 이야기부터 해 보지요. 그놈들이 도대체 누구입니까?"

살짝 눈짓한 딕슨은 노형진을 데리고 커피숍 안쪽에 있는 별도의 공간으로 들어갔다.

그리고 커피를 사이에 두고 조용히 말했다.

"혹시 옴진리교라고 아십니까?"

"모를 리가 있나요?"

일본에서 독가스 테러를 했던 사이비 종교로, 전 세계적으로 테러 단체로 특정되어 있는 놈들이다.

그놈들의 독가스 테러로 인해 일본에서 수백 명이 죽었고 일본이 발칵 뒤집어졌다.

"설마 또 그놈들입니까? 하지만 그놈들은 사라지지 않았습니까?"

상식적으로 테러하는 종교 단체를 놔두는 나라는 없다.

당연히 일본은 강제로 해당 종교 단체를 없애 버렸다.

"단체를 없앤다고 해서 사상까지 사라지는 건 아니지요."

"으음……."

하긴, 종교 단체가 사라진다고 해서 그들의 교리나 사상이 사라지는 것은 아니다.

그렇다고 해서 그 종교에 속해 있던 모든 사람들을 죄다 감옥에 넣을 수도 없다.

그렇다 보니 문제가 생긴다.

그런 테러리즘을 가지고 있는 놈들이 사회에 있지만 그들을 격리할 방법이 없다는 것.

당장 이슬람교만 해도 어마어마한 테러범을 양성하지만 이슬람교 자체를 금지하지는 못한다.

그건 옴진리교 역시 마찬가지.

사이비로 지정할 수는 있지만, 그들에게 속한 사람들을 세뇌할 수는 없다.

"그들은 이름을 바꿔서 지금까지 감춰 왔습니다. 그리고 대부분의 이름만 바꾼 조직을 일본에서 추적해 왔지요."

"하긴, 일본은 종교가 많은 걸로 유명하지요."

유명한 종교뿐만 아니라 별의별 괴상한 종교가 다 있는 곳이 일본이다.

그렇다 보니 일본 정부도 그들을 모두 추적하지는 못한다.

"설마?"

"맞습니다. 이번 사건을 벌인 놈들은 그들 중 일부입니다. 우리도 처음 들었습니다. 어젯밤에 성명서가 도착했습니다. 아니, 도착했다기보다는 공개했다고 하는 게 맞겠군요."

"성명서를요?"

"그렇습니다. 정부에서 재빠르게 차단했습니다만…… 다크웹 쪽은 어쩔 수 없으니까."

노형진은 말하는 딕슨을 보면서 고개를 갸웃했다.

CIA 요원은 상당한 훈련을 쌓는다. 그래서 감정을 외부에 보이지 않는 편이다.

그런데 지금 딕슨의 모습은 왠지 서두르는 듯했다.

물론 감추려고 하려고 한다면 감출 수 있겠지만 그러지 않는다는 것은 딕슨이 그만큼 상황을 심각하게 받아들인다는 걸 의미한다.

"그들은 스스로를 모노스라고 불렀습니다. 그들은 일본과 중국에서 벌인 테러가 자기들이 한 거라면서, 신이 일본을 자신들의 땅으로 하사했다고 주장하더군요."

"전형적인 사이비 종교군요."

노형진은 혀를 끌끌 찼다. 뜬금없이 옴진리교라니.

'도대체 왜? 설마 그 사건 때문인가?'

대충 상황이 이해가 되기 시작했다.

노형진은 일본을 흔들면서 그 방법 중 하나로 가짜 독립 세력을 만들어 냈다.

오키나와와 북해도 쪽의 세력을 지지해 힘을 키우게 함으로써 일본 내부에서의 분열을 야기한 것이다.

'일본 정부에서 감시 시스템을 그쪽으로 돌렸지.'

사실상 와해된 옴진리교의 추적보다는 현 정권에 위협이 되는 지역 정당을 막는 게 일본 정부로서는 급했던 것뿐이지만, 그 과정에서 자연스럽게 옴진리교의 잔존 세력에 대한 추적이 약해진 거라고 노형진은 추측할 수 있었다.

'옴진리교라니, 기가 막히네, 진짜.'

나비효과를 모르는 바는 아니나 뜬금없이 수십 년 전 옴진리교의 잔존 세력이 튀어나올 줄이야.

"그런데 그 세력을 알아냈으면 추적하는 건 어려운 일이 아니지 않습니까?"

"다급하게 그쪽에 추적을 붙였습니다만, 일반 신도를 제외한 핵심 신도는 사라진 후였습니다."

"그렇군요. 그런데 이런 상황이라면 제가 도와드릴 만한 부분이 없을 것 같은데요."

대상을 특정했고 이미 그들을 추적 중이라면 문제가 될 게 없을 테니까.

"그게 사실은, 그 성명서에 심각한 내용이 있습니다."

"심각한 내용요?"

"원한다면 다른 단체에 가스를 판매하겠다고 했습니다."

노형진의 눈썹이 꿈틀거렸다.

그건 일본과 중국에서 터진 사건과 전혀 다른 문제다.

"그 말이 사실입니까?"

"그렇습니다. 그들의 주장대로라면…… 톤 단위 물량도 판매할 수 있답니다."

"미친 새끼들."

노형진은 이를 빠드득 갈았다.

그건 심각한 문제다.

세상에는 미친놈도, 테러 단체도 많다. 심지어 비행기를 납치해서 건물에 꼬라박는 놈들도 있다.

그런 놈들에게 가스를 판다?

이건 다 같이 죽자는 것이다.

당장 사방에 폭탄 테러를 하는 놈들 천지인데 그게 단순 폭탄이 아니라 가스라면?

도시 날려 버리는 건 일도 아니다.

폭탄 테러라면 사망자가 수십 명이겠지만 가스 테러라면 최소 몇백 명이고, 심지어 동시다발적으로 사방에서 터진다면 몇만에서 몇십만 단위까지 늘어날 수밖에 없다.

"문제는, 지금까지 가스 테러가 없었던 건 구매자는 있지만 판매자가 없었기 때문입니다."

각 정부는 가스 테러를 막기 위해 그에 관해서는 핵 물질에 준하는 감시를 해 왔다.

"그런데 톤 단위로 만들어 판다고요?"

"그래서 지금 난리가 났습니다. 오죽하면 저희가 마이스터 쪽에 도움을 청하겠습니까?"

'하긴, 그렇기는 하지.'

정보 조직은 나름의 자존심이 있기 때문에 외부에 도움을 요청하지 않는 편이다.

그런 그들이 도움을 요청한다는 것은 자존심을 세우기에는 너무 상황이 급박하다는 걸 알고 있다는 걸 의미한다.

"모노스라고 했지요? 그놈들에 대한 정보를 캐 달라는 거군요."

"그렇습니다. 지금 저희뿐만 아니라 전 세계 정보 조직이 다 달라붙었습니다."

"으음……."

"지금까지 조사한 바에 따르면 그들과 협조하려고 하는 놈들이 한둘이 아닙니다. 당장 팔레스타인 쪽에서도 일부 극단 세력이 그들과 접촉 중인 걸로 드러났고, IRA도 일부 극렬 세력이 접촉 중이고……."

말하던 그는 목소리를 낮췄다.

"한국에서도 일부 세력이 접촉 중이라는 정보가 있습니다."

"끄응."

진짜로 테러를 벌이는 것도 물론 문제지만 그 무기를 가지고 있다는 것 자체가 권력이다.

만일 어떤 기업에 돈을 주지 않으면 가스를 터트리겠다고 협박한다면?

그 기업은 어떻게 할까?

물론 신고는 할 것이다.

그런데 그들을 잡기 전에 가스가 터지면 그 기업은 망할 수밖에 없다.

따라서 요구하는 돈이 그다지 많지 않다면 대부분의 기업은 그냥 그 돈을 주는 걸 선택할 것이다.

공장에 뿌린다면 그나마 커버라도 하지 만일 그렇지 않은 경우, 가령 체인점 같은 경우는 각 지점에 랜덤하게 가스를 뿌린다고 하면 어떤 사람들이 미쳤다고 그 체인점에 가겠는가?

테러 자체는 일어나지 않을 가능성도 있지만 그것과 상관없이 그 기업은 망할 수밖에 없다.

"가스를 구입하려고 하는 놈들이 많습니다. 물론 그중 몇몇 곳은 각 나라의 정보 조직일 수도 있겠지만요."

하지만 그런다고 해서 위험도가 줄어드는 것은 아니다.

또 무작정 모조리 사들일 수도 없다.

가격도 가격이거니와, 놈들이 그 대금으로 또 가스를 만들어서 판다면 답이 안 나오는 악순환이니까.

"그들이 가스를 어디서 구했는지는 전혀 알 수 없습니까?"

"그게 문제입니다. 어디에서도 그 흔적을 찾을 수가 없습니다."

대량의 가스를 만들기 위해서는 그 재료를 확인해야 한다.

그래서 가스를 만들 수 있는 재료들은 철저하게 관리 대상이 된다.

정부 조직에서 그런 가스를 추적하는 것은 가스 테러를 막는 가장 기본적인 조치다.

"그런데 어디에도 그런 흔적이 없습니다. 저쪽은 톤 단위로도 팔 수 있다고 하는데 그 정도의 재료가 흘러들어 간 흔적을 찾을 수가 없습니다."

"빼돌려질 가능성은요?"

"킬로그램도 아니고 톤 단위로요? 그건 불가능합니다. 더군다나 일본입니다."

"하긴……."

일본은 독가스 테러를 직접 당했던 나라다.

당연히 피해자이기 때문에 다른 곳보다 훨씬 꼼꼼하게 수량을 확인한다.

그런 나라에서 킬로그램 단위도 아니고 최소 톤 단위의 재료를 빼돌린다?

그건 기업 자체가 연관되기 전에는 불가능하다.

"기업 자체가 연관되었을 가능성은요?"

"전혀 없습니다. 기업들이 미쳤다고 가스 테러를 하겠습니까?"

"하긴, 기업들의 입장에서는 아무런 의미도 없지요."

걸리지 않는다고 해도 변하는 게 없을뿐더러 걸리면 기업이 날아가는데 그런 짓을 할 리가 없다.

"지금 각 나라에서 모든 정보 조직을 총동원하고 있습니다. 미다스의 정보력은 아무래도 여러모로 뛰어나다 보니……."

"으음……."

노형진은 생각에 빠졌다.

현 상황에서는 정보를 얻어 낼 수가 없다.

"혹시 그 가해자들에 대해서는 알아낸 게 있습니까?"

"그게 문제인데, 가해자를 특정할 수가 없습니다."

"가해자를 특정할 수 없다?"

"그렇습니다. 가스라는 게 뭐, 폭탄처럼 부피가 큰 게 아니라서……."

"그렇지만 지하철역에서 터졌을 때 그곳에서 탈출한 사람이 있을 거 아닙니까?"

과거에 옴진리교가 가스 테러를 했을 때 생각보다 피해의 규모가 작았던 것은 그 범인들이 자신들의 목숨이 아까워서 농도를 낮춰서 살포했기 때문이다.

그래서 병원에서 대처할 수 있는 시간이 있었다.

"그게 문제인데, 그 당시에 지하철에서 내린 사람들을 모조리 조사했습니다만 혐의점이 없습니다."

"그 말은?"

"테러범이 죽음을 불사했다는 거죠."

"최악이네요."

테러범이 죽음을 불사한다면 특정은커녕 막는 것도 불가능하다.

당장 현대사회에서 다중 이용 시설이 한두 개도 아니고 그걸 어떻게 막는단 말인가?

'유류품? 아니야, 그건 의미가 없어.'

사망자가 한두 명도 아니고 그 모든 유류품의 기억을 읽어 낼 수는 없다. 더군다나 부상자까지 포함하면 그 숫자는 터무니없이 늘어난다.

"살포 방법은요?"

"스프레이를 이용했습니다."

"스프레이?"

노형진은 고개를 갸웃했다.

"범인을 특정하지 못했다고 하지 않았습니까?"

"쓰레기통에서 버려진 스프레이 통이 나왔습니다."

"흠."

노형진은 촉이 왔다.

그건 노형진뿐만이 아니었다.

"그 통으로 가스를 뿌린 거군요."

"그런 거라 생각합니다."

사실 쓰레기통에 별의별 물건들이 다 들어가기는 하지만,

현실적으로 그 종류는 또 한정적일 수밖에 없다.

당장 지하철역의 쓰레기통에서 가장 많이 나오는 것은 휴지나 간단한 음식 껍데기 같은 것일 수밖에 없다. 아니면 음료수 통이거나.

"하긴, 스프레이 통이라고 하면 의심스럽지요. 무슨 스프레이인가요?"

"헤어스프레이입니다."

"확실히 이상하네요."

헤어스프레이는 흔하게 쓰는 물건이다.

하지만 그걸 쓰는 곳은 집이나 미용실이지 지하철역이 아니다.

세상에 어떤 사람이 지하철에서 스프레이를 뿌려 가면서 머리를 치장할까?

"그러니까 이동하면서 스프레이를 이용해서 가스를 뿌리고 통은 쓰레기통에 버린 거군요."

"맞습니다."

분사구를 뒤쪽으로 향하게 하고 버튼을 누르면 내용물은 뒤로 날아간다.

그리고 반대쪽으로 이동하면 범인은 시간을 벌 수 있다.

물론 그런다고 해서 그가 가스를 들이마시는 것을 막을 수는 없을 테니 결국 죽음은 피할 수 없겠지만.

"혹시 그걸 볼 수 있을까요?"

"가능할 겁니다."

"그럼 부탁드립니다. 어쩌면 방법이 있을지도 모르지요."

노형진은 독하게 마음먹으며 말했다.

"이거군요."

일본으로 간 노형진은 스프레이 통을 이리저리 보면서 말했다.

'아, 이건 생각 못 했는데.'

다만 생각지도 못한 게 있었다.

그 통을 무조건 고무장갑을 끼고 만져야 한다는 것 말이다.

하긴, 지문 문제도 있을 테고, 잔여물로 인한 사상 피해도 있을 수 있으니까.

장갑을 벗자니 주변에 눈이 너무 많다.

"일단 통에 있는 일련번호를 확인해 본 결과 헤어스프레이용으로 제조된 것이 맞습니다."

본래의 내용물을 모조리 쓴 다음 그 안에 가스를 넣고 밀봉했다가 지하철에서 쓴 것이다.

"구입처 자체는 추적했지만 워낙 흔하게 나가는 물건이라서 주변을 특정할 수도 없습니다. 그리고 구입 장소 자체도 완전히 뜬금없는 곳이었습니다. 하나는 오사카에서 구입되었고, 다른 하나는 교토에서 구입되었더군요."

무슨 한정판 모델도 아니고, 일본에서는 흔하게 팔리는 스프레이로 추적하는 건 쉬운 일이 아닐 것이다.

"그렇군요."

노형진은 입맛을 다시면서 눈을 찡그렸다.

'그런 거라면 정보가 많지는 않을 것 같기는 한데…….'

생각해 보면 스프레이에 가스를 넣는 작업 자체가 무척이나 위험하다.

작업자가 아무런 보호 장구 없이 가스를 넣었을 리가 없으니 읽어 낸다고 해도 결국 구입 장소 정도만 알아낼 수 있을 텐데, 그게 딱히 의미가 있을 것 같지는 않았다.

'더군다나 전혀 다른 도시에서 따로 구입했다는 건, 그 범인들이 혹시 모를 추적까지 대비했다는 걸 의미한단 말이지.'

그러면 그가 구입 당시의 장면을 읽어 낸다고 해도 딱히 진전이 있는 것은 아니었다.

"옴진리교, 아니 모노스 쪽에서의 추가 반응은 없던가요? 요구하는 거나."

결국 아무런 정보도 얻지 못한 상황에서 노형진은 그곳을 나와야 했다.

딕슨은 조심스럽게 말했다.

"그들의 요구는 간단합니다. 천황이 무릎을 꿇고 탄압에 사죄하고 옴진리교를 국교로 인정하라는 겁니다. 그리고 천황의 직을 아사토에게 넘기라고 하더군요."

"말도 안 되는 헛소리를 하는군요. 그런데 아사토는 누구입니까, 처음 듣는 이름인데?"

"물론 말도 안 되죠. 아사토는 그 당시 옴진리교 교주의 삼남입니다."

"삼남요?"

"네."

옴진리교 사건 당시, 범인이었던 교주에게는 네 명의 자식이 있었다고 한다.

그런데 첫째는 자식이 없었고, 둘째는 그 테러를 저지른 뒤에서 조종한 놈 중 한 명이었으며, 넷째의 경우는 교주가 아버지임에도 불구하고 사이비 종교라 생각해서 의절하고 살았다고 한다.

"실질적으로 옴진리교를 이어받은 것은 셋째인 아사토죠. 애석하게도 그 당시 아사토는 고등학생이었고 사건과 접점이 없었기 때문에……."

"으음……."

고등학생 정도면 사상적으로 오염되어 있을 가능성이 높다.

하지만 고등학생이라는 특성상 그가 사건에 직접 관여하

지 않은 한 처벌할 방법은 없었기에, 사건 이후에 그가 성인이 되자 교단을 이어받아 모노스로 바꾸고 명맥을 이어 왔다고 한다.

"더군다나 옴진리교에는 그때도 인텔리들이 상당히 많았거든요."

당장 그 당시 테러 실행범이 의사일 만큼 이상하게 인텔리계열이 많은 게 옴진리교의 특징이었다.

"하긴, 그렇지 않았다면 그 시기에 독가스를 만드는 게 가능할 리가 없었지요."

그 당시 옴진리교가 쓴 것은 사린 가스뿐만 아니라 탄저균까지 있었다.

불행 중 다행으로 탄저균은 실수로 고압 분사기로 뿌리는 바람에 균이 모조리 죽어서 감염 사태가 벌어지지 않았지만 말이다.

"만일 탄저병이라고 하면…… 끔찍하죠."

가스와 다르게 병은 사람들 사이에서 퍼지는 형태가 가능하다.

더군다나 잠복기라는 시기가 있다 보니 한 명이 발병하고 확인되었을 때쯤에는 최소한 수백 명이 감염되었을 가능성이 높다.

"그래서 저희는 심각하게 받아들이고 있습니다."

지금이야 가스지만 그들이 진짜로 탄저균까지 운용하기

시작하면 온 세상이 지옥으로 밀려들어 가는 셈이니까.

'그러고 보니 미국이 탄저라고 하면 기겁하지?'

미국도 과거에 탄저 테러를 당한 나라다.

그렇다 보니 탄저균에 대해 질색할 수밖에 없다.

"그러니 정보를 얻을 수 있다면 가능하면 빨리 부탁드립니다."

"저도 최대한 조사해 보지요."

노형진은 그렇게 말하면서도 제대로 확신할 수가 없었다.

⚖

"그런 건 없네요."

신동하는 노형진이 부탁한 걸 확인하고는 고개를 흔들었다.

"아무리 그래도 그 정도로 재료를 빼돌릴 수는 없어요."

"역시 그런가요? 그나저나 대동은 어떻습니까?"

"대동도 지금은 입 닥치고 있죠. 싸울 상황이 아니니까."

"그래요?"

"공장마다 보안이 네 배는 늘었습니다. 들어올 때마다 짐을 일일이 다 확인하고 물병까지 다 열어 보는 판국이에요."

"흠……."

"더군다나 전 직원의 종교 확인은 기본이고요."

옴진리교, 아니 모노스교에 의해 벌어진 사건인 게 소문나기 시작하면서 모두가 공포에 떨고 있는 상황.

'하긴, 한국도 지금 경제가 멈추다시피 한 상황인데 일본이야 뭐 볼 것도 없겠지.'

그런 상황에서 일본 공장들이 제대로 돌아갈 리가 없다.

"역시나 그렇군요."

노형진이 신동하에게 부탁한 것은 혹시나 가스를 만들 수 있는 시설이 사용된 기록이 있거나 정부에서 인식하지 못하는 곳이 있는지를 확인해 달라는 것이었는데, 애석하게도 그런 건 없었다.

"그나저나 정부에서는 뭐라고 합니까?"

"이번 기회에 헌법을 고쳐서 반격해야 한다고 주장하고 있습니다."

"미친 새끼들."

"현 정부가 전쟁 못 해서 안달 난 건 다 아는 사실 아닙니까?"

현실적으로 일본 정부가 아무리 열심히 조사해도 자국 내에서 생산 시설을 찾을 수는 없다.

그러자 일본 정부의 해결책은 간단했다.

적을 해외에서 찾는 것이었다.

지금까지 일본 정부는 그런 방식으로 제법 짭짤한 정치적 이득을 얻어 왔기에 그쪽으로 방향을 돌려서, 모노스라는 조직은 실재하지 않으며 다른 국가에서 일본에 대한 공격을 한 것이므로 그 보복을 위해서는 헌법을 개정해서 공격 가능한 국가로 바꿔야 한다고 주장하고 있었다.

"그리고 그 대상은 북한이겠군요."

"그렇지요."

북한은 전 세계에서 비대칭 전력에 가장 많이 매달리는 국가 중 하나다.

당장 한국을 적화통일 한다고 입으로 떠들고 있지만 현실적으로 전쟁이 일어나면 적화통일은커녕 평양까지 오는 기계화보병조차도 막지 못할 정도로 상황이 열악하다 보니 핵이나 가스, 세균 같은 비대칭 전력에 매달리는 중인 북한에 있어 독가스는 그다지 어려운 게 아니니까.

"이 새끼들이, 말장난하는 것도 아니고."

"그러게 말입니다."

북한이 현 상황에서 일본을 공격할 이유도 없거니와 설사 진짜로 했다면 당연히 일본은 북한을 공격할 수 있다.

평화 헌법은 철저하게 방어적으로 행동하며 선공하지 말라는 뜻으로 만든 거지, 마냥 두들겨 맞고만 있으라는 뜻으로 만든 게 아니니까.

그런 거였다면 애초에 자위대를 만드는 것 자체도 불가능했을 것이다.

그럼에도 불구하고 또 이 정도 피해가 발생했는데, 일본 정부는 북한에 대해 선전포고하거나 경고하거나 하다못해 항의하는 것도 아닌 상황이었다.

이는 북한이 공격했다는 증거가 전혀 없거나 북한이 공격한 게 아니라는 확신이 있다는 소리다.

당장 북한을 탓하면서 헌법을 고치자고 하는 사람들도 공식적으로 일본 정부가 아니라 의원들이고 말이다.

즉, 이러한 주장은 일본의 공식 의견이 아니라고 눈 가리고 아웅을 하면서도, 이번 기회에 평화 헌법을 고치고 싶다고 어필하는 일종의 말장난인 셈이다.

"어쨌거나 이번 기회에 평화 헌법을 고치려고 한다 이거군요."

"맞습니다. 완전 극우 정치인들은 목소리를 높여서 보복을 외치고 있습니다."

"그놈들은 도대체가…… 하아."

노형진은 고개를 흔들었다.

그들에게 국가 내부에서 터진 가스 테러는 그다지 중요하지 않은 모양이었다.

"하지만 그들의 말이 먹힐 수밖에 없습니다. 현실적으로 자국 내에서 가스를 만들 수 있는 게 아니지 않습니까? 결국 외부에서 가지고 들어와야 한다는 건데……."

"그건 그러네요. CIA까지 나서서 조사했는데 생산한 곳을 밝히지 못했다는 건 결국 외부에서 들어왔다는 건데, 그건 다른 나라가 공격했다는 거니."

"중국일까요?"

"중국은 가스 테러를 당한 나라 중 하나입니다. 그럴 가능
성은 낮죠."

"하지만 중국은 자국의 이득을 위해 충분히 사건을 만들어
낼 수 있습니다. 그들의 인명 경시는 뭐, 유명하지 않습니까?"

노형진은 고개를 흔들었다.

물론 중국이 인명을 경시하는 건 사실이지만 그건 어디까
지나 이득이 있을 때다.

"중국이 아무리 막장이라지만 이득 없이 가스 테러를 하지
는 않을 겁니다."

만일 그게 터지면 미국이 가만두지 않는다.

일본과 미국은 상호방위조약을 맺고 있다.

단순히 국경선 침범도 아니고 도심에서의 가스 테러라면
그건 대놓고 싸우자는 거고, 그렇게 되면 미국의 어마어마한
항모단이 일본으로 달려올 것이다.

한데 중국이 그들을 막는 수는 핵폭탄밖에 없으니, 그건
대놓고 3차대전을 하자는 소리다.

"물론 중국에 있는 테러 단체라면 그럴 수도 있지만 중국
자체가 그럴 수는 없죠."

"중국 테러 단체일까요?"

"그것도 힘들걸요."

이것이 법이다

중화영웅 사건 이후에 중국은 눈이 돌아가서 중국 내에 있는 위험 집단을 미친 듯이 처단했다.

수사가 아니라 '처단'이다.

제대로 된 수사를 한 게 아니라 어느 순간 '실종 처리'해 버렸으니까.

"중국 내의 그러한 테러 단체들이 보복하기 위한 거라면 중국 자국 내에서부터 시작하지 일본에서 할 리는 없지요."

일본과 중국이 사이가 좋지 않은 건 사실이지만 그건 어디까지나 일반인들 기준이고, 테러범들은 자신들을 건드린 사람들부터 먼저 족치려고 할 테니까.

"결국 답이 아니라는 거군요."

"맞습니다."

"그러면 누굴까요? 이 정도의 가스를 만들어서 뿌려 대다니."

신동하는 그렇게 말하며 혀를 끌끌 찼다.

"하긴, 일본 정부가 그랬을 수도 있겠네요. 조작이라면 뭐 이쪽도 만만찮으니까."

"하하하, 그럴 수도 있겠네요."

2차대전 당시에 일본은 전쟁을 일으키기 위해 사건을 조작하는 경우가 많았는데, 그 유명한 남경 대학살 역시 일본군의 조작으로 인해 벌어진 사건이었다.

일본 정부의 인명 경시는 중국 못지않은 상황이고 지금 상황에서 일본 정부는 이번 기회에 헌법을 고치자고 게거품을 물고 있으니 적당한 사유를 만들기 위해 자국 내에서 조작해서 일으켰다는, 소위 말하는 음모론이 생기는 것은 어찌 보면 이상한 게 아니었다.

"하지만 그랬다면 중국에는 저지르지 않았겠죠. 일본 정부는 아닐 겁니다. 일본 정부에서 그 정도 가스를 만들어서 외부에 팔 이유도 없고, 보관은 더더욱 할 이유가⋯⋯."

노형진은 말하다가 흠칫했다.

뭔가 생각난 것이다.

"표정이 왜 그러십니까?"

"아니⋯⋯ 그게⋯⋯ 잠깐만요⋯⋯. 잠깐만⋯⋯."

노형진의 머릿속에서 떠오른 생각.

오래전에 본, 정확하게는 회귀 전에 어디선가 본 듯한 기억.

'가스⋯⋯ 가스⋯⋯ 일본과 가스⋯⋯. 그걸 어디서 봤는데. 731부대? 마루타? 아니야, 그건 아니야. 그건 주로 중국에서 활동했고⋯⋯.'

노형진은 필사적으로 기억을 더듬었다.

그게 뭔지 몰라서 답답함으로 가득하던 그때, 노형진은 커피숍에 걸려 있는 작은 사진을 볼 수 있었다.

아무래도 이곳 주인이 자신이 여행을 다녀온 곳에서 찍은 사진을 꽂아 둔 것 같았다.

사진 속에는 귀엽게 생긴 토끼가 누군가 준 당근을 입에 물고 있었다.

"토끼섬!"

노형진은 그 말을 외치면서 자리에서 벌떡 일어났다.

"네? 토끼섬요? 그게 뭡니까?"

갑작스러운 노형진의 말에 신동하는 깜짝 놀라서 물었다.

하지만 노형진은 대꾸할 틈이 없었다.

단순 방송이었지만 기억에 확실히 남아 있는 다큐멘터리, 그게 생각났기 때문이다.

"잠시만요. 나중에 다시 연락드리겠습니다."

다급하게 바깥으로 나가면서 전화기를 든 노형진은 바로 CIA에 전화를 걸었다.

"딕슨? 접니다. 지금 바로 움직일 수 있는 배와 병력 그리고 잠수부들을 준비해 주세요. 네. 제 생각이 맞는다면……이건 생각보다 큰 문제가 될 겁니다."

노형진의 얼굴은 딱딱하게 굳어 있었다.

토끼섬의 비밀

토끼섬.

토끼는 귀여운 동물이고, 그래서 인기가 많다.

그리고 한국도 그렇고 해외도 그렇고, 토끼처럼 생긴 섬에는 '토끼섬'이라는 별칭이 붙는다.

하지만 일본의 토끼섬은 절대 토끼처럼 생기지 않았다.

일본 토끼섬의 정식 명칭은 오쿠노시마.

그곳이 토끼섬이라고 불리는 이유는 간단하다.

그곳에는 어마어마한 수의 토끼들이 살고 있기 때문이다.

"무슨 토끼가 이렇게 많지요?"

딕슨은 헬기에서 내리면서 눈을 찌푸렸다.

조금만 바깥에 나가도 사방이 토끼 천지였다.

"오면서 확인해 보시지 않았습니까?"

"확인해 봤습니다. 하지만 생각보다 더 많군요."

오쿠노시마에 토끼가 많은 이유는 관광 목적이 아니라 비극적 역사 때문이다.

지금은 관광지가 되어 버렸지만, 원래 오쿠노시마는 2차대전 당시에 독가스 생산 시설이 있던 곳이었다.

독가스는 생산하다가 사고가 나면 주변에 어마어마한 피해를 주기에 가능하면 주변에 사람이 없어야 했고, 무인도였던 오쿠노시마는 그런 가스를 생산하기에 최적의 장소였다.

"2차대전 당시에는 아예 지도에서 삭제되었더군요."

"맞습니다. 만일 알았다면 핵폭탄이 여기로 떨어졌을지도 모르지요."

오쿠노시마는 독가스 생산 시설이었고 그건 상륙하는 연합군에 최고로 위험한 시설이었으니까.

오쿠노시마에 토끼가 많아진 것은 그 당시 일본이 패망한후에 이 지역에 있던 독가스 생산 시설을 폐쇄하면서 실험용으로 들여온 토끼를 그냥 대충 풀어놔 버렸기 때문이다.

토끼는 엄청나게 번식력이 빠르고 발정기도 자주 오는 동물이다.

더군다나 섬이라는 특성, 거기에다 무인도이다 보니 천적이 될 만한 것도 없었고, 먹이인 풀은 사방에 있었다. 일본이 패망하고 인간까지 모조리 떠나 버리자 토끼들의 숫자는 급

속도로 늘어날 수밖에 없었던 것이다.

그래서 인간들이 다시 이곳에 왔을 때 사방에는 토끼가 가득했고, 그 결과 오쿠노시마는 '토끼섬'이라고 불리며 관광지가 되었다.

다른 곳과 다르게 이곳은 관광지이고 토끼들이 관광객들이 주는 먹이에 반응해서 도망가지 않는 편이었기 때문에 외부에서 보면 토끼를 구경하는 평화로운 섬으로 보인다.

"그런데 그 말이 사실입니까? 저희 기록에는 없던데."

"그 당시 기록이 제대로 된 게 있던가요?"

"하긴, 지도에도 없었던 섬이니 그 당시 조직이 제대로 처리했다고 보기는 힘들죠."

딕슨은 눈을 찡그리며 말했다.

그들이 도착한 곳은 선착장이었고 그곳에서 기다리고 있던 배는 두 사람을 태우고 다급하게 바다로 나아갔다.

"그런데 어떻게 그걸 아신 겁니까?"

"그냥…… 우연히 어디서 들은 소문입니다."

정확하게는 소문은 아니다.

회귀 전에 다큐멘터리에서 본 것이었다.

2차대전에 대한 다큐멘터리였는데, 그 주제가 일본군의 731부대와 오쿠노시마였다.

그 다큐에 따르면 731부대의 주요 연구 자료가 생화학과 세균이었다면, 오쿠노시마는 독가스라고 할 수 있었다.

그런데 그 오쿠노시마애는 패망한 후에도 어마어마한 양의 독가스가 남아 있었다.

그 당시 일본은 극도로 불리해지는 전황을 바꾸고자 비대칭 전력이라 할 수 있는 독가스의 생산에 박차를 가하고 있었다.

그 와중에 먼저 비대칭 전력인 핵폭탄을 맞으면서 전쟁을 포기했지만 말이다.

"확실히 그런 경우는 가스의 처리가 문제가 되죠."

오쿠노시마에는 어마어마한 가스가 있었고, 그걸 처리하는 건 절대 쉬운 일이 아니었다.

독가스는 생산은 쉬워도 처리는 무척이나 힘든 물건이다.

그러나 그 당시 일본은 그럴 능력이 되지 않았다.

돈이라는 돈은 모조리 꼬라박은 전쟁에서 패했으며, 전 세계에서 자금의 흐름은 끊어졌고, 산업 시설은 폭격으로 박살 났다.

어마어마한 독가스를 처리할 만한 예산은 전혀 없었던 상황.

그러나 그걸 가지고 있으면 다른 나라에서 좋게 볼 리가 없다.

2차대전의 패전국이고 막장인 상황에서 일본이 무슨 짓을 할지 모른다는 생각이 팽배했으니까.

그런 상황에서 독가스를 보관하면서 차일피일 폐기를 미

루면 딴생각을 한다고 의심받을 가능성이 높아진다.

"아무리 그래도 그렇지, 독가스를 바다로 밀어 넣어요? 이런 미친놈들."

그래서 일본에서 강구한 해결책은 가스를 봉인해서 바다로 밀어 넣는 것이었다.

그렇잖아도 지금도 돈 문제로 방사능오염수와 방사능오염물질을 바다에 던지겠다고 지랄하는 일본인데, 그 당시에 자연보호 같은 것에 관심이 있을 리가 없었다.

그나마 다행인 건 제대로 봉인했다는 정도?

물론 미국은 그걸 다 확인하지는 않았다.

그저 처리된 것만 확인한 것이다.

"그걸 어떻게 아신 겁니까? 미국에도 기록이 없던데."

"관련 글을 쓰던 분이 계십니다. 역사 기록을 확인하다가 우연히 발견했다고 합니다."

그렇게 독가스가 가득 찬 용기는 봉인된 채로 일본의 바다로 빠져들었고, 역사 속으로 사라졌다.

'내가 그때 한 생각이 설마 진짜 현실이 될 줄이야.'

노형진이 그 다큐를 기억하는 이유는 간단하다.

혹시나 미친놈들이 저걸 건져서 쓰면 어쩌나 하고 생각했기 때문이다.

망망대해 한복판에 경비조차도 없이 버려진 독가스라니.

"진짜 그 기록이 있다는 것도 웃기고."

딕슨은 기가 막혀서 말도 안 나왔다.

아무리 패망하고 막장인 상황이라고 해도 그렇지, 독가스
를 바다에 밀어 넣을 생각을 하다니.

두 사람이 탄 배는 그사이에 빠르게 이동해서 커다란 선박
이 있는 곳으로 향했다.

그곳은 어렵게 찾아낸 그 당시 기록이 지정하는 위치였는
데, 이미 보낸 선박이 탐사하고 있었다.

"어떻습니까?"

노형진이 올라갔을 때 그 위에는 벌써 수많은 사람들이 우
려 섞인 표정으로 모여 있었다.

"일단…… 잠수정이 탐사 중입니다."

아무리 오랫동안 문제없었다지만, 아니 몰랐다지만 가스
통이 물속에 오랜 시간 잠겨 있었고 그게 새고 있다면 잠수
하는 경우 치명적일 수 있기 때문에 미국에서는 바로 잠수정
을 동원했고, 잠수정은 물속을 다니면서 그 현장을 확인하고
있었다.

"지금 의심스러운 지점으로 가고 있습니다. 생각보다 깊
지 않네요."

모니터에 비치는 화면은 잠수정의 카메라가 보내고 있는
물속 풍경이었다.

그걸 보면서 모두는 침을 꿀꺽 삼켰다.

"거의 바닥에 도착했습니다. 아, 이제 보이네요. 바닥

이…… 이런 미친."

그곳의 바다는 여느 바다와 달랐다.

물론 퇴적물이 쌓여 있는 건 똑같지만 그보다 더 많은 수의 통들이 가득 쌓여 있었다.

"미친…… 저거……."

"진짜였어?"

"바다에 독가스를 그냥 집어넣었다고? 이 새끼들 미친 거 아니야?"

탐사하던 사람들은 얼굴이 핼쑥해졌다.

바닥에 수북하게 깔려 있는 통들.

일부 통들은 이미 부식되어서 구멍이 나 있었다.

"그나마 퇴적층에 묻혀 있는 건 괜찮은데, 위치가 좋지 않은 건 구멍이 난 것 같습니다."

"으음…… 어떻게 이게 걸리지 않았죠?"

몇몇 사람들은 말도 안 된다는 표정이 되었다.

아무리 그래도 이곳은 바다. 그것도 근해.

당연히 일본의 배들이 물고기를 잡으러 올 수도 있다.

그런데 한 번도 안 걸렸다?

"누가 올까요, 여기가 이 지경인데?"

"아……."

주변은 독가스의 영향인지 물고기 한 마리 없이 황폐하기만 했다.

그랬으니 여기는 최악의 어장일 수밖에 없고, 어민들이 여기로 물고기를 잡으러 올 리가 없다.

"환장하겠네."

모니터를 바라보던 사람들 사이에서 욕 비슷한 말들이 내뱉어졌다.

그때 그걸 뚫어져라 바라보고 있던 딕슨이 조종기를 잡고 있던 남자의 어깨에 손을 올렸다.

"잠깐만."

"네?"

"뒤로…… 뒤로 움직여 주세요."

"뒤로요?"

"네, 조금만 뒤로……. 거기서 아래쪽으로 카메라를 좀 더 확실하게……."

조종수가 무인 잠수정을 후진시켰다.

그러자 카메라에 들어오는, 사방에 가득한 통들.

그런데 어떤 곳이 텅 비어 있었다.

통들은 랜덤하게 떨어져 있었고, 조류에 의해서라도 굴러다니면서 빈 곳을 채워야 했다.

그런데 한 군데가 텅 비어 있었다.

그리고 그곳은 누가 봐도 헤집어진 것처럼 보였다.

물론 육지처럼 확실하게 티가 나는 건 아니지만 그래도 오랜 시간 퇴적물이 쌓인 곳과 아닌 곳은 차이가 날 수밖에 없다.

한데 그곳은 무척이나 인위적으로 헤집어진 것처럼 보였다.

"왜 저렇게…… 비어 있지?"

"설마……."

모두들 침을 꿀꺽 삼켰다.

외곽 쪽도 아니고 중심부 쪽이 비어 있다?

버리던 놈들이 '심심한데 도넛 모양으로 쌓아 볼까?'라고 생각했을 리도 없거니와, 설사 그랬다고 해도 저렇게 퇴적층이 사라질 수는 없다.

그렇다면 답은 하나뿐이다.

"미친……."

"누가 인양……해 갔다고……?"

그것 말고는 저렇게 될 리가 없다.

딕슨의 목소리는 격하게 떨리기 시작했다.

잔뜩 쌓여 있는 정체 모를 통들, 그리고 텅 비어 버린 공간.

"여기에 있던 게 얼마나 됩니까?"

"네?"

"여기에 버려진 가스의 양 말입니다. 기록에 있었잖아요?"

"아…… 잠시만……."

딕슨의 부하는 다급하게 서류를 확인하더니 떨리는 목소

리로 말했다.

"여기에만…… 10톤입니다."

"뭐요?"

"여기에만…… 10톤……입니다. 기록에 따르면 다른 곳에
도 투하되었다고……."

"이런 미친……."

딕슨의 얼굴이 핼쑥해졌다.

쾅!

일본 CIA 지부는 살벌하다 못해 당장이라도 터질 것 같았
다.

"이런 개 같은 옐로 몽키 새끼들! 이런 식으로 뒤통수를
쳐!"

바다에 버려진 독가스의 양은 총 130톤.

생산량의 대부분은 제대로 처리된 것으로 서류가 작성되
어 있었지만 사실 상당수가 바다로 버려진 것이다.

"그중에서 사라진 걸로 의심되는 게 30톤이라고요? 허, 미
치겠네."

노형진은 말문이 막혀서 말이 나오지 않았다.

무려 30톤이 사라졌단다.

차라리 통이 깨져서 샌 거라면 바다로 갔다고 생각하겠는데, 사라진 통만 30톤이란다.

"아주 전 세계 사람들 씨를 말리고도 남겠네요."

그 와중에 드러난 일본의 계획은 어이없어서 말이 나오지도 않을 지경이었다.

그 당시 일본은 무조건항복을 했지만 그렇다고 해서 진심으로 항복한 것은 아니었다.

당연하게도 일본 정부에서는 나중에 미국을 비롯한 연합국에 반격할 생각도 있었기에 폐기란 명령으로 바다에 독가스를 버린 것이다.

눈 가리고 아웅이었지만 그 당시 미국 정부는 제대로 폐기된 거라고 생각했던 것.

만일 계속 일본을 억눌렀다면 일본 정부는 그걸 꺼내서 전쟁을 준비했겠지만, 때마침 터진 6.25전쟁으로 인해 일본이 병참기지화되고 경제가 살아나고 소위 말하는 꿀을 빨기 시작하자 일본 정부는 전쟁의 의사를 버렸던 것이다.

강력한 우방이 된 미국의 보호 아래에서 쉽게 성장할 수 있는데 굳이 전쟁을 할 필요가 없었으니까.

더군다나 바로 위의 소련이 급성장하면서 위협하자 미국과 연합국을 대상으로 싸울 수도 없었고 말이다.

결국 그 자료는 선대 정치인들이 죽어 가면서 잊혀 갔고 그렇게 서서히 역사 속으로 사라졌던 것이다.

아니, 그랬어야 했다.

"사라진 게 추정이 30톤이라고요?"

독가스 100킬로그램만 있어도 도시 하나를 날리는 건 일도 아니다.

그런데 그게 30톤이란다.

"그게 어디로 갔는지도 알 수 없고?"

"언제 건져 올렸는지도 알 수가 없습니다."

일본 CIA 지부장은 한숨을 푹 쉬었다.

"이런 걸 우리가 몰랐다니, 기가 막히는군."

"일단 중요한 건 그걸 해결하는 겁니다. 어떻게 하실 생각입니까?"

"일단 일본 정부에 항의해야겠지. 그리고 이걸 건져 올릴 수 있는 선박을 추적해야겠지."

작은 통 하나도 아니고 무려 30톤이다.

그걸 건져 올릴 만한 배들은 많지 않다.

그걸 추적한다면 일단 최소한의 끄트머리라도 잡을 수 있을 거다.

딕슨은 급격히 수척해진 모습으로 노형진을 돌아보았다.

"고맙습니다, 미스터 노. 도와주신 덕분에 그들이 가스를 어디서 구했는지는 알아냈네요."

"하지만 잡는 건 전혀 다른 문제입니다."

"압니다. 종교라는 게…… 사람 피를 말리죠."

차라리 다른 집단이라면 모르는데 종교는 어제까지만 해도 웃으며 인사하던 옆집 사람 얼굴에 총을 쏴 버릴 정도로 위험하다.

그렇다 보니 추적도 힘들다.

"모노스 쪽에 관련된 자료는 어떤가요? 최소한 사무실이 있지 않습니까?"

"그게 문제입니다. 그놈들이 관련 서류를 모조리 태워 버렸습니다."

신도 명단에서부터 재산 목록까지, 싹 다 지워 버렸다.

일단 정부에 등록되어 있는 재산은 다 털고 있지만 당연하게도 거기서 나오는 건 없었다.

"신도의 명의로 된 곳에서 숨어서 활동할 것 같다는 의심은 됩니다만……."

"그 신도 명단이 없으니 누구인지 알 수가 없다는 거군요."

"맞습니다."

지부장은 긴장감에 탁자를 톡톡 두들겼다.

"그나마 드러난 부분은 자발적으로 자신을 드러내거나 해당 종교에서 이탈한 사람들이 알려 주는 정도입니다."

그들이 알던 다른 신도들의 신상 정보 정도만이 추적 가능했다.

"일단 일본 정부도 입 닥치고 그쪽에 매달리고 있습니다만……."

"그러겠지요."

노형진은 쓸쓸하게 미소 지었다.

만일 일본 정부가 나중에라도 그걸 처리했다면 문제가 되지 않았을 것이다. 하지만 일본 정부는 쉬쉬했고, 결국 일이 이 지경이 되었다.

사실 일본 호황기에는 이 정도 양의 가스를 처리하는 건 그다지 문제도 아니었을 것이다. 기술도 발달했을 테고 말이다.

그러나 그걸 위해 가스를 건져 올리면 뒤통수를 칠 준비를 했다는 걸 인정해야 하는 꼴이고, 또 그 정도 양의 가스를 처리하는 걸 미국이 모를 수는 없기에 손대지 못한 게 문제가 되었다.

"일단 이 이후의 문제는 저희 CIA가 해결하겠습니다."

"알겠습니다."

노형진은 고개를 끄덕거렸다.

하지만 그렇다고 해서 그들에게만 맡겨 둘 생각은 전혀 없었다.

⚖

"결국 그들은 한국을 노릴 겁니다."

노형진은 송정한을 만나서 확실하게 말했다.

"일본인에게 반한 주의는 거의 패시브 스킬이나 마찬가지이니까요. 더군다나 이미 중국까지 노렸습니다. 한국을 가만둘 리가 없지요."

당장이야 일본이라는 땅을 종교라는 이름으로 오염시키는 것에 집중하고 있다지만. 결국 그들이 일본인인 이상 한국에 좋은 감정을 가질 수가 없다.

애초에 이 미친놈들은 혐오와 증오라는 감정을 극단적으로 피워 올리고 있다.

자국에 대한 감정도 그 지경인데 다른 곳도 아닌 한국에 대해 좋게 생각할 리가 없다.

"일단 국정원에 자네가 가지고 온 정보는 건넸네. 국정원은 군을 통해 모든 선박을 수색하겠다고 하더군."

노형진은 고개를 흔들었다.

"소용없을 겁니다."

"어째서 말인가? 한국을 노릴 게 확실하다면서?"

"그래서 소용없다고 말씀드리는 겁니다."

모노스 교단은 과거의 옴진리교가 이름을 바꾼 종교다.

그들은 과거에 이미 화학 테러를 시도했고, 성공하기도 했고 실패하기도 했다.

"인간은 배우기 마련입니다. 성공에서든 실패에서든 말이지요."

"으음……."

송정한은 신음을 흘렸다.

노형진이 말하고자 하는 게 뭔지 알 것 같았기 때문이다.

"그들이 미리 모든 걸 다 준비했으리라고 생각하나?"

"그렇습니다. 그들은 이미 한 번 실패를 했고 그 때문에 옴진리교 자체가 날아갔습니다. 그들은 그게 자신들에게 잘못이 있어서가 아니라, 테러에 실패했기 때문이라고 생각할 겁니다."

당연히 다시는 실패하지 않기 위해 노력할 수밖에 없다.

사실 그 당시에 인텔리가 많았던 옴진리교가 다수의 테러에 실패한 이유는 다급함 때문이었다.

"거기서 배웠다면, 절대로 서두르지 않고 천천히 뭔가를 하려고 할 것입니다."

"미리 준비하면서 말이지?"

"맞습니다. 그걸 감안하면 그들이 한국에 가스를 미리 들여놨다고 생각해야 합니다."

노형진의 말에 송정한은 눈을 찡그렸다.

그건 심각한 문제이니까.

"그건 억측 아닌가?"

"억측요? 아닙니다. 그들이 가스를 뿌린 방식을 보고 전 확신했습니다."

"가스를 뿌린 방식? 그 스프레이 말인가?"

"그렇습니다. 간단하지만 확실한 방식이지요."

과거에 옴진리교는 액화가스를 담은 봉투에 구멍을 내는 식으로 테러를 저질렀다.

탄저균 같은 경우는 고압으로 뿌리는 방식을 쓰기는 했지만, 고압에 약한 탄저균이 죽으면서 악취만 나는 수준으로 끝나기도 했다.

"즉, 제대로 된 투하 방법 없이 무차별적으로 다급하게 한 거죠."

전문 의사를 테러범으로 투입할 수 있을 정도의 조직이 그런 실수를 했다는 건 그만큼 다급했다는 방증이다.

"하지만 이번에는 다릅니다."

가스를 뿌리기 위해 스프레이를 이용했다.

스프레이로 뿌리면 가스가 빠르고 고르게 퍼져서 피해를 입히기에 충분하다.

더군다나 고압의 가스가 뒤로 뿌려지면서 앞으로 가는 범인의 생존 시간을 늘려 줌으로써 최대한 많은 공간에 뿌릴 수 있게 해 준다.

"그리고 스프레이라는 건 단순히 내용물만 넣어서 되는 게 아니죠."

스프레이의 작동 방식은 캔 내부에 고압을 유지하고 있다가 버튼을 누르면 노즐로 고압을 유지하는 물질이 나가게 되어 있다.

그 말은 그 안에 원래의 가스 말고도 그 압력을 유지할 수 있는 다른 뭔가를 넣는다는 뜻이다.

"더군다나 그렇게 통을 만들어서 넣는 것도 문제입니다."

그들은 미리 준비해서 다 쓴 스프레이 통에 가스를 넣어서 뿌리는 데 사용했다.

그런데 여기서 문제가 생긴다. 스프레이 통에 막 구멍을 뚫고 가스를 넣을 수는 없다는 거다.

"원래 그런 기계는 따로 있습니다. 그런데 그런 장비의 제작은 딱히 어려운 것도 아니거든요."

당장 인터넷에서도 그런 장비는 쉽게 구할 수 있다.

그러니 그걸 추적하는 것도 쉬운 건 아니다.

"그런데 또 그걸 일본에서만 쓰려고 할까요?"

송정한의 얼굴이 딱딱하게 굳었다.

그도 여행 경험이 많은 사람이다.

충분히 돈을 벌 수 있는 변호사인데 여행을 다니지 않는다고 하면 그것도 말도 안 되는 일이기도 하고.

그렇기에 그는 대충 수화물 규정을 알고 있다.

그리고 그의 기억이 맞는다면 수화물 규정에는 심각한 문제가 있다.

"스프레이는 수화물로 보낼 수 있지?"

"맞습니다."

물론 작은 디오더런트Deodorant나 환자를 위한 천식 스프레이 같은 건 기내에 반입되기는 하지만, 일반적으로 사용하는 미용용 스프레이나 모기약 같은 스프레이는 기내 반입이 금지다.

그래서 일반적으로 그건 수화물로 보내게 되어 있다.

"반대로 말하면 수화물로 그걸 한국에 보냈다면, 딱히 막을 이유가 없다는 거죠. 막을 수도 없고요."

"잠깐…… 그러면……."

"중국도 그렇게 당한 거라 생각합니다."

사건 이전에 이미 수화물로 조금씩 들여놨다면 막을 수가 없다.

"그러고 보니 중국도 어떻게 들어왔는지 추적하지 못한다고 했지?"

이미 들어와 있던 거라면 추적하지 못하는 게 당연하다.

비행기를 타고 다니는 사람들이 한두 명도 아닌데 그들이 가진 모든 스프레이 제품을 확인할 수는 없으니까.

확인한답시고 허공에 뿌렸는데 진짜 독가스이기라도 하면 사람들이 엄청 죽을 텐데, 그렇다고 확인을 위해 밀폐된 감압실을 모든 공항과 항구에 만들 수도 없는 노릇 아닌가?

더군다나 밀수로 들어오는 것까지 생각하면 현실적으로 스프레이 반입을 막을 수 있는 방법은 없다.

"이거 생각보다 일이 심각해지는군."

송정한은 혀를 끌끌 찼다.

당장 전 국토를 다 감당할 수는 없는 노릇이었기 때문이다.

"이게 테러의 무서운 점이지요."

테러는 상대방에게 전면적인 피해를 강요하는 게 아니다.

사실 그런 피해가 없는 것은 아니나, 현대의 테러가 아무리 크게 터진다고 해도 그 직접적인 피해는 현대의 이권의 규모를 보면 그다지 크지 않다.

그럼에도 불구하고 테러가 문제가 되는 이유는 그 테러로 인해 벌어지는 문제, 즉 경제의 마비 때문이다.

당장 백화점과 마트 같은 유통업 쪽은 작살날 것이다.

"CIA는 일단 중국에 매달릴 테고, 한국의 국정원은……."

노형진은 말하다 말고 한숨부터 내쉬었다.

그건 송정한 또한 마찬가지였다.

"아주 개판이지. 말하지 않아도 아네."

현재 국정원은 첩보 조직으로서의 효용이 거의 사라진 상태다.

이유는 간단하다.

현 정권과 전 정권에서 첩보 조직이 아니라 감시 조직으로 국정원의 실질적인 업무를 변경했기 때문이다.

주요 업무가 해외에서의 첩보 수집이 아니라 국내 반대 세력에 대한 감시로 바뀌었고 그 과정에서 과거의 정권, 즉 반대파 정권이 권력을 쥐고 있던 시기에 선발된 요원들에 대해 꾸준하게 퇴출 작업이 진행되었다.

그렇다 보니 해외 정보 라인은 작살났고, 경험이 있는 실무자들은 죄다 퇴출되었다.

그들은 해외의 정보는 미국에서 받으면 된다고 생각한 모양이지만 현실적으로 현대사회에서 영원한 우방은 없다.

당연히 일이 터지자 다급하게 정보를 모으기 시작했지만 사이가 좋지 않은 일본이 정보를 줄 리 없고 미국에서도 제대로 정보를 제공하지 않아, 노형진이 송정한을 통해 그들에게 정보를 제공할 지경이었다.

"그치들을 만나면 말이야, 내가 무슨 어미 새가 된 느낌이야. 나만 물끄러미 바라보면서 '정보 좀 주세요.'라고 말하는 것 같다니까."

"그 정도입니까?"

"아예 테러 자체를 겪어 보지 않았으니 어쩌겠나? 심지어 밀수 라인조차도 감을 못 잡고 있어."

"상황이 참 웃기네요."

사실 송정한은 그 국정원의 집중 감시 대상이다.

애초에 그는 개혁을 위해 정치에 투신한 사람인데, 개혁은 현 정권에서 가장 싫어하는 말이다.

그런데 그런 송정한이 국가에 정보를 줘야 할 정도로 해외 감시 시스템이 붕괴되었을 줄이야.

'그러고 보니 홍안수는 일본 스파이잖아?'

그런데도 정보를 제대로 받지 못하다니.

'하긴, 스파이이니 정보가 아래에서 위로 올라가는 게 당

연하지 위에서 아래로 내려올 리는 없지.'

현실적으로 스파이를 파견한다는 것은 상대방을 적성국으로 본다는 의미다.

일본 입장에서는 한국 경제를 작살낼 수 있는 기회가 왔는데 정보를 줄 리가 없다.

"일단은 이번 문제부터 해결하지요. 조만간 그들이 테러를 일으킬 거라고 봐야 합니다."

"하지만 무슨 수로 이번 문제를 해결한단 말인가? 자네 말이 맞는다면 이미 테러범들 모두 한국에 들어왔다고 봐야 할 텐데."

더군다나 이들은 기존의 테러범이 아니라 모노스 교단의 신도들이다.

즉, 테러범 리스트에 없는 사람이니 한국에 관광 삼아서 들어왔다고 하면 추적할 방법은 없다.

"그 문제를 해결할 방법은 하나뿐입니다."

"하나뿐?"

"살을 주고 뼈를 취해야지요."

노형진은 이를 빠드득 갈았다.

⚖

노형진은 자신이 추측한 바를 언론을 통해 공개했다.

─전문가에 따르면 일본 출신의 테러범들은 현재 다음 테러를 위해 한국에 입국해 있는 것으로 보이며, 그들은 다중 시설에 대한 습격을 노리고 있다고 합니다.

테러범의 입국. 그건 사람들에게 공포감을 불러일으켰다.

그리고 그 피해는 어마어마했다.

당장 그렇잖아도 파리 날리던 다중 이용 시설은 아예 출근을 거부하는 사람까지 나타났고, 군과 경찰은 눈이 벌게져서 주변을 두리번거렸다.

그리고 노형진이 노린 '살', 즉 일본 관광객들은 무서운 속도로 한국을 벗어나기 시작했다.

일본에서도 테러 때문에 무서워 죽겠는데 한국에서 테러 단체가 테러하려고 한다?

당연히 미칠 수밖에 없다.

관광객이라는 특성상 대부분의 목적지는 결국 다중 이용 시설일 수밖에 없다.

여행지에서부터 호텔, 쇼핑을 위한 백화점이나 마트, 심지어 이동도 차량이 없으니 대부분 대중교통을 이용하는 게 현실이다.

그런데 거기서 테러가 발생할 수도 있고 게다가 자기들이 테러범이라는 의심까지 받을 수 있다 보니 일본인들, 특히 관광객들은 무서운 기세로 빠져나갔다.

"이제 한국에 남은 일본인은 많지 않을 겁니다."

송정한은 정치인들을 설득하는 작업을 담당했다.

"물론 이 와중에도 일부는 계속 관광을 할 수도 있고, 업무 차원에서 한국에 온 사람들의 경우는 당연히 남아 있을 수밖에 없지요."

"그들을 모두 감시할 수는 없습니다."

"감시하라는 게 아닙니다. 다중 이용 시설에 대한 확인만 하면 됩니다. 입구에서 신분증을 확인하는 것은 어려운 일이 아니지요."

"으음."

범인이 일본의 모노스 교단이라는 건 알려진 사실. 반대로 말하면 한국인이라면 안전하다는 거다.

"들어오는 이를 대상으로 신분증을 확인하는 게 어려운 일은 아니지 않습니까?"

"하긴……."

이런 테러 단체의 등장에서 가장 기본이 되는 작업이 바로 신분증 확인이다.

자생적 테러도 아닌 해외 입국 테러이니, 신분증을 확인하는 것만으로도 충분히 상대방이 경각심을 가지고 접근하지 못하게 된다.

"하지만 그런다고 해서 모두 막을 수 있다고 생각합니까?"

그런데 그걸 부정적으로 보는 국회의원도 있었다.

송정한은 그를 바라보았다.

"무슨 말을 하려고 하는 겁니까?"

"지금 시중에는 돈만 조금 주면 가짜 신분증을 만들어 주는 놈들이 넘쳐 납니다. 고등학생도 가짜 신분증을 들고 담배 사고 술 사는 세상이에요. 단순히 신분증만으로 막으려 한다면 그건 불가능합니다."

"맞습니다."

송정한은 의외로 고개를 끄덕거렸다.

그건 틀린 말이 아니었으니까.

물론 위조 감별기를 가지고 다 확인하면 좋겠지만 현실적으로 위조 감별기를 다 설치하는 것도 힘들고, 설사 한다고 해도 다중 이용 시설의 특성상 아무리 사람이 줄었다고 해도 그렇게 하면 너무 많은 정체가 벌어질 수밖에 없다.

"그리고 학생은 어쩔 겁니까? 상대방은 미친놈들이에요! 학생을 테러범으로 쓰지 말라는 법도 없습니다!"

도리어 나이가 어릴수록 세뇌하기는 좋기에 학생을 무기로 쓸 수도 있다.

종교 단체들에서 학생 신도를 중요하게 여기는 이유가 바로 그거다.

그때 포교해 두면 어지간해선 그 효과는 평생 가기 때문이다.

"그게 아니라고 해도 20대 초반에게 교복을 입히면 알아보기 힘들죠."

다른 의원도 말을 거들었다.

그것도 맞는 말이다. 그리고 화장을 해서 좀 어리게 꾸미면 충분히 들어갈 수 있다.

"학생증 같은 건 복제하는 게 더 쉬울 테고."

그나마 주민등록증은 복제 방지 시스템이 들어간다. 홀로그램 같은 것 말이다.

하지만 학생증에는 그런 게 없고, 군인들은 전국에서 차출된 사람들이니 그걸 내밀면 그게 진짜 해당 지역의 학교인지 맞는 학생증인지 판별할 수도 없다.

"그때마다 학교에다가 전화해서 확인할 겁니까? 그러면 주말에는 어쩔 건데요?"

'망할 놈 같으니라고.'

송정한은 이를 박박 갈았다.

지금 따지는 사람들은 다들 자유신민당 의원들이다.

그들이 따지는 이유? 그건 뻔하다.

"그러면 의원님들은 어떤 해결책을 생각하십니까?"

"그건……."

"고민해 봐야지요."

질문을 듣기 무섭게 바로 입을 다무는 놈들을 보면서 송정한은 혀를 끌끌 찼다.

'멍청한 놈들.'

합리적인 지적이라면 송정한도 이렇게 화를 내지 않는다.

물론 그들의 지적이 합리적인 지적이기는 하다. 하지만 그 이면에는 반대를 위한 반대가 들어 있었다.

당장 나라에 테러로 수백 단위의 피해자가 발생하게 생겼는데 저들은 그걸 해결하기 위해 반대하는 게 아니라 일단 송정한이 의견을 내니까 반대하는 거다.

당연히 그에 따른 해결책은 없었다.

다만 이 일로 인해 국민들의 지지가 높아질 걸 알기에 그걸 막고 싶어서 송정한을 씹을 뿐.

'이런 놈들이 정치인이라고…….'

송정한은 긴 한숨을 내쉬면서 속으로 고개를 절레절레 흔들었다.

그나마 다행히, 노형진이 이 모든 걸 예상하고 해결책을 내놔서 쉽게 넘어갈 수 있겠지만 말이다.

"우리 계획은 간단합니다. 일본이 썼던 방식을 쓰면 됩니다."

"일본이 썼던 방식?"

"일본이 관동대지진 때 했던 것 그대로 말이지요."

몇몇이 불편한 얼굴이 되었다.

모두 다 친일파 정치인들이었다.

"우리도 일본인을 무차별적으로 학살이라도 하자 이겁니까?"

관동대지진은 일본에서 1923년 9월 1일 벌어진 대지진이다.

역대급 대지진으로 인해 일본은 초토화되었다.

그 당시에 일본은 국민들의 불만을 돌리기 위해 조선인이 우물에 독을 탄다는 헛소문을 유포한 후 일본에 살던 조선인들을 군경을 동원해서 학살했다.

우연히 소문이 돈 것도 아니고 불만을 잠재우기 위해 일본 정부에서 터트린 사건이었기에, 단순한 불만 세력의 봉기로 볼 수도 없는 끔찍한 학살 사건.

"그건 아닙니다. 하지만 우리는 세종대왕님에게 감사해야 합니다."

"뭔 소리야?"

"그 당시 일본인들에게는 한국인을 구분하는 방법이 있었지요."

외모로는 구분하기도 힘들고 그 당시 일본에 있던 사람들은 능숙하게 일본어를 할 수밖에 없었다.

지금처럼 전산화된 것도 아니고 제대로 된 신분증도 없는 시대인 만큼 한국인을 특정하는 건 어려운 일이었다.

"그때 일본인들이 쓴 게 바로 발음을 이용한 검색입니다."

"발음을 이용한 검색?"

"그렇습니다."

그 당시 일본에서 한국인을 구분하기 위해 쓴 방법이 바로 십오 엔 오십 전이라는 말의 발음이었다.

한국어는 어떤 나라의 말이든 쉽게 따라 할 수 있다.

하지만 따라 할 수 있다는 것과 발음 자체가 똑같은 건 전혀 다르다.

즉, 어떤 발음을 했을 때 원어민이 비슷해서 알아들을 수는 있지만 원어민과 완벽하게 발음까지 똑같기는 힘들다는 거다.

"그 당시 일본은 십오 엔 오십 전이라는 말로 사람들을 확인했습니다. 한국인, 아니 조선인과 일본인의 발음이 조금 달랐다고 하더군요."

그래서 수천 명을 죽인 게 일본이다.

심지어는 일본에도 그 발음이 정확하지 않은 지역이 있기 때문에, 그 지역 사람들도 한국인으로 의심받아서 학살당했다.

"우리도 그러면 됩니다. 물론 죽이자는 이야기는 아닙니다."

"도대체 무슨 말로요?"

"일본 말에는 발음이 강한 게 없습니다. 가령 짬뽕, 짜장면, 맥도날드 같은 거 말이지요. 받침이라는 게 없으니까요."

그렇다 보니 비슷하게 발음을 할 수도 있지만 들어 보면 전혀 다르다.

"대표적인 게 맥도날드죠. 일본에서는 마구도나르도라고 한다죠?"

"흠……."

테러범들이 수년간 한국어를 교육받은 사람이 아니라면 그 발음을 고치기는 힘들다.

"그들을 학살하거나 무조건 체포하자는 게 아닙니다. 다만 그런 사람은 따로 검문하면 됩니다."

"흠……."

그건 딱히 문제가 될 것도 아니다.

인종차별이라기보다는, 국가별 언어 차이를 이용한 검색이니까.

"그 정도는 따로 교육할 필요도 없지요."

검문하는 곳에 받침이 있는 글자를 쓴 스케치북을 두고 읽어 보라고 하면 된다.

길어 봐야 10초 정도.

"현재로써는 그 방법이 최선인 것 같군요."

정치인들은 고개를 끄덕거릴 수밖에 없었다.

⚖

다음 날부터 모든 관광서나 다중 이용 시설에는 군 병력이 투입되었다.

그런데 생각보다 그다지 혼란은 많지 않았다.

일단 이용객 자체가 줄어든 데다가 사실 사람이 몰리는 시간은 정해져 있으니까.

"아, 개부럽."

"뭐가 말입니까?"

"아니, 저 사람들은 사제 음식을 먹는데 우리는 짬밥이냐?
진짜 좀 봐주라, 이 중대장 자식아."

병장 마크를 단 병사는 툴툴거리면서 바로 옆에 있는 햄버
거 가게에서 시선을 돌렸다.

"사 달라는 것도 아니고 우리가 우리 돈 주고 사 먹는 것
도 못 하게 하냐?"

"군의 기강 문제라고 하지 않습니까, 박 병장님?"

"기강 같은 소리 하고 자빠졌네."

입구가 한두 개도 아니고 병력이 나뉘어서 모조리 지켜야
하는데 제대로 된 급식이 이루어질 리가 없다.

결국 그 급식이라는 게 짬밥을 반찬과 뭉쳐서 만든 주먹밥
이다.

"닝기미, 우리가 이거 먹을 때마다 불쌍하다는 듯이 바라
보는 사람들의 시선은 군 기강에 참 도움 많이 되겠다? 그
치?"

소위 말하는 군용 주먹밥.

그나마 잘 어울리는 게 나오면 먹을 만한데 그마저도 아니
라면 진짜 못 먹을 음식이 되는 물건.

"정말이지 말입니다."

"야, 교대 얼마나 남았냐?"

"40분 남았지 말입니다."

"시간 오질나게 안 가네."

이리저리 시선을 돌리며 주변을 살피는 박 병장.

테러가 벌어진다고는 하지만 아직 실감이 나지는 않았다.

하지만 실탄까지 줘 가면서 검색하라고 하는 걸 보니 장난이 아니기는 했다.

"닝기미, 말년에 더럽게 꼬이네."

박 병장은 툴툴거리면서 입구를 확인했다.

지하철 입구는 많고 장교는 부족했기 때문에 각 소대의 분대장급이 커버해야 하는 곳이 꽤 있었지만, 상대적으로 유동인구가 적은 이곳은 그가 커버해야 했다.

"빨리 끝내고 가서 좀 쉬고 싶다."

병장 특유의 귀찮음으로 툴툴거리는 박 병장.

그런 박 병장에게 옆에 있던 다른 병사가 다가왔다.

"아저씨, 저 좀 잠깐."

"네? 아, 네."

같은 군인이기는 하지만 그 둘은 소속이 다르다.

한쪽은 공익이고 한쪽은 현역.

그렇다 보니 호칭이 애매해서 결국 아저씨라는, 국방부에서 싫어하는 단어가 나와 버렸다.

"왜요, 아저씨?"

이것이 법이다

"저기, 제가 왜 여기에 왔는지 아시죠?"

"알죠."

공익인 그가 여기에 온 이유는 이 지역 출신이기 때문이었다.

아무리 반대를 위한 반대라고 하지만 다른 정치인들의 말도 틀린 것은 아니기에 그 대응책으로 그 지역 출신의 군인과 공익을 세운 것이다.

혹시 모를 상황에 대응하기 위해서.

"그런데 왜요?"

"저기 저 교복요."

"네?"

한쪽을 가리키는 공익의 말에 박 병장은 힐끔 시선을 돌렸다.

"저게 왜요?"

"이 지역 교복 아니에요. 처음 봤어요."

"네? 확실해요?"

"저 남고 나왔습니다. 여고생 복장 하나 모를까요?"

"으음."

박 병장은 신음을 냈다.

변태 같기는 하지만 남고 출신이라고 하면 여학생들에게 시선이 갈 수밖에 없고, 당연히 그 학교의 교복에 대해 기억할 수밖에 없다.

"그리고 이 시간에 여고생이 여기를 다녀요? 그건 아니죠."

"그건 좀 그러네요."

고개를 끄덕거리는 박 병장.

지금 시간은 오후 4시다.

물론 자습하지 않고 나온다고 하면 맞을지도 모르지만 확실히 조금 이르기는 하다.

"그래도 학생인데……."

"모르죠, 미친놈이 그런 걸 따질지."

"음……."

잠깐 고민하던 박 병장은 고개를 끄덕거렸다.

그런 부분에 대해 경고받기도 했고 화장을 잘하면 어려 보이는 것도 사실이니까.

"잠깐만 한번 물어보죠, 뭐."

외부에서 왔다고 해도 학생증만 확인하면 될 일이기에 박 병장은 그 여학생에게 다가갔다.

"실례합니다."

박 병장은 말을 걸면서 속으로 왠지 헛웃음이 나왔다.

'남중에 남고에 공대 테크를 타고 기껏 여자한테 말을 걸었는데, 용건이 고작 검문이냐?'

하지만 어쩌겠는가, 까라면 까야지.

"네?"

"저기, 학생증 좀 볼 수 있을까요?"

박 병장은 최대한 상냥하게 미소 지으면서 다가갔다. 그러나 여학생은 쭈뼛거리면서 뒤로 물러났다.

'그래, 나 못생겼다. 아놔, 진짜.'

겁먹는 거라고 생각해서 박 병장은 다시 한번 물어봤다.

"저기, 학생증을 확인할 수 있을까요? 잠깐이면 되는데."

"아……."

그런데 반응이 이상했다.

이미 단속한다는 건 언론을 통해 보도된 상황이었기에 딱히 두려워할 이유까지야 없었다. 그런데 이상하게 이 여학생은 사방을 둘러보면서 눈치를 살피고 있었다.

'뭔가 이상한데?'

박 병장은 이상한 낌새를 느끼고는 고개를 돌려서 지하철역의 입구를 지키고 있던 후임들에게 손을 까딱거렸다.

그러자 그걸 본 후임들이 슬금슬금 다가와서 퇴로를 막았다.

"잠깐 학생증을 확인하고 싶은데요. 학교가 어디예요? 이 근처 교복이 아닌데."

그런데 그마저도 대꾸하지 않던 여학생은 갑자기 몸을 확 돌리더니 반대쪽으로 뛰기 시작했다.

아직 포위가 완성되지 않은 상태였기에 박 병장은 미친 듯이 따라가야 했다.

"잡아!"

백주 대낮에 벌어진 추격전.

다행히 여학생이 빠른 것은 아니었기에 거의 잡을 수 있다고 생각하는 순간, 여학생이 손에 들고 있던 가방에서 뭔가를 꺼냈다.

그건 다름 아닌 기다란 형태의 스프레이 통이었다.

어떻게 가스를 뿌렸는지 이미 알고 있던 박 병장은 마음이 급해졌다.

"이, 이봐!"

그는 옆을 스쳐 지나가던 남자의 손에서 번개같이 핸드폰을 잡아채 그대로 사력을 다해서 던졌다.

핸드폰은 막 손에 스프레이를 든 여학생의 얼굴에 그대로 충돌했다.

"긋아!"

이상한 비명을 지르면서 얼굴을 부여잡는 여학생.

그사이 박 병장은 몸을 내던졌다.

"막아! 잡아! 뺏어! 뺏어! 누르면 다 죽는 거야!"

가장 가까이에 있다 보니 스프레이를 뿌리면 가장 먼저 죽는 게 자신이기에 박 병장은 다급하게 그걸 막았고, 그사이에 후임들이 달려와서 그녀를 온몸으로 찍어 눌렀다.

"잡아!"

"포승줄…… 포승줄……."

"어, 이거 써 본 적 없습니다."

"씨발! 교육 누가 한 거야! 야! 일단 눌러!"

지하철역 앞에서는 난리가 났고, 그 주변으로 어마어마한 숫자의 경찰들이 몰려들기 시작했다.

⚖

"독가스가 맞다고 하더군요."

서울의 지하철역에서 벌어진 사태는 대한민국을 발칵 뒤집었다.

실제로 가스 테러가 벌어질 뻔한 상황이었으니까.

"가방에서 발견된 건 500밀리리터짜리 스프레이입니다. 이놈들 제대로 준비한 게 맞는 것 같습니다. 이번에는 일본산 스프레이가 아니라 한국산입니다."

"으음……."

갑작스러운 상황이 전국에 생중계되면서 공포감은 더해졌다.

그러나 더 충격적인 것은 이번에 잡힌 범인의 정체였다.

"하지 사츠코. 나이가 열여섯 살입니다."

"진짜 아이로군."

"그렇습니다. 이 미친놈들이 아무래도 아이를 테러범으로 훈련시킨 것 같습니다."

"미친놈들."

보좌관의 보고를 송정한과 함께 옆에서 듣고 있던 노형진은 이를 빠드득 갈았다.

고작 열여섯 살짜리를 테러범으로 한국에 밀입국시킨 미친 종자들이라니.

"지금 범인은 입을 열지 않고 있습니다. 하는 말은 모노스가 한국에 임할 거라는 말뿐입니다."

"하, 고문할 수도 없고, 진짜."

송정한은 고개를 절레절레 흔들며 말했다.

"어떻게 생각하나? 자네가 보기에도 이번 한 번으로 끝나지는 않겠지?"

"그럴 리가요."

미친놈들이 한 번에 포기할 리가 없다.

어떻게든 하려고 할 것이다.

"그리고 CIA의 말로는 그들에게 가스를 사기 위해 접근하는 한국 세력도 있다고 하니 빠른 시일 내에 추적해야 합니다."

"하지만 어떻게 해야 할지 모르겠군. 이 상황에서 무슨 수로? 진짜로 범인을 고문할 수는 없는 노릇 아닌가?"

아무리 가스 테러범이라지만 고작 열여섯 살짜리다.

"더군다나 미국과 일본에서 범인을 내놓으라고 난리를 치는 모양이야."

송정한이 우려하던 일이었다.

유일하게 잡은 범인이다.

일본에서는 다급하게 부모의 집을 털어 봤지만 집에는 아무도 없었다.

즉, 부모 역시 모노스 교단에 빠져서 사라진 것.

"제가 한번 해 볼 수 있을까요?"

"음?"

노형진이 손을 쥐었다 폈다 하자 송정한은 살짝 그 손을 바라보다가 되물었다.

"가능하겠나?"

송정한은 노형진의 능력을 어렴풋하게 알고 있다.

"가능하겠지요. 최소한 지금보다는 나을 것 같습니다."

"그래…… 그건 그렇겠지."

송정한은 고개를 끄덕거렸다.

"내가 한번 자리를 마련해 보지. 일단 내 발언 덕분에 범인을 잡았으니 마냥 반대할 수는 없을 거야."

노형진은 고개를 끄덕거렸다.

안전한 곳은 없다

범인은 입을 열지 않았다.

하지만 그녀가 사용한 가스통은 다른 사람은 몰라도 노형
진에게는 입을 열 것이다.

'빙고.'

노형진은 그걸 보면서 미소 지었다.

안전을 위해 내용물을 완벽하게 빼낸 가스통.

다행히 일본과 다르게 사용되지 않아 가스가 묻어 있을 가
능성은 없기에 공기 중에 그대로 드러나 있었다.

"추적은 했나요?"

"추적은 했습니다만 일본 수출 물량으로 나옵니다."

즉, 일본에서부터 가스를 담아서 왔다는 거다.

"그래서 공항이 난리가 났습니다."

국정원의 요원은 힘든 목소리로 말했다.

하긴, 지금 일이 터지고 집에 가지 못한 게 벌써 며칠째인지 감도 못 잡을 지경이니까.

"그럴 만하죠."

독가스에 뚫려 버린 공항 보안이라니, 이건 이만저만 심각한 일이 아니었다.

"약점까지 모조리 확인하고, 역시나 모노스 교단 쪽에서 확실히 많이 준비한 모양이군."

"한 번 실패해서 조직이 날아가다시피 했습니다. 그런 놈들이 그냥 물러날 리가 없지요."

노형진은 그렇게 말하면서 고개를 흔들었다.

아마도 이번에는 워낙 치밀하게 준비한 탓에 잡는 게 쉽지는 않을 것이다.

'하지만 이건 모르지.'

노형진은 슬쩍 스프레이에 손가락 끝을 가져다 대고는 기억을 읽기 시작했다.

다른 증거품들도 많이 있기는 했지만 중요한 건 이거니까.

"모노스의 영광이 곧 이곳에 내려올 것이다!"

잠시 후 나타난 영상.

한 남자가 작은 창고 안에서 외치는 것이 보였다.

"모노스께서는 이곳을 우리의 땅으로 허락하셨다! 일본을 넘어 동아시아를 우리 모노스가 지배하는 순간이 오면 그대들은 위대한 선교자이자 선각자로서 추앙받을 것이다."

노형진은 그 남자의 모습을 최대한 기억하려고 노력했다.

그뿐만 아니라 주변에 있는 사람들도.

'심각하군.'

주변에 있는 사람들의 숫자는 족히 열 명은 되었다.

그리고 공장의 구석에 있는 몇 통의 스프레이들.

'숫자만 보면 서른 개는 넘겠는데?'

못해도 서른 번 이상의 테러를 가할 수 있는 양이 있다는 거다.

"내일 자매가 공격을 시작하면 위대한 우리 모노스의 영광이 동아시아 전부를 채우게 될 것이다."

노형진은 그 기억을 읽으면서 범인이었던 여학생의 생각을 확인할 수 있었다.

그녀는 거기서 지하철을 타고 이동해서 국회의사당역에서 테러할 계획이었다.

국회의사당역이 워낙 보안이 철저하니 상대적으로 보안이 약한 그곳에서 탑승하려고 했던 것.

'미친놈들.'

노형진은 그 기억에 진짜 화가 났다.

국회의사당역이라지만 거기에 테러한다고 해서 진짜 국회의원이나 정치인에게 피해가 갈까?

아니다. 그런 사람들은 죄다 운전기사 딸린 자가용을 타고 다닌다.

결국 지하철을 타는 서민들을 노린다는 뜻이다.

시간상 아마도 국회의사당에 도착할 때쯤이면 퇴근 시간이었을 테니, 국회의사당에서 퇴근하던 수많은 직원들이 그 테러에 휩쓸려서 목숨을 잃었을지도 모른다.

'어떻게든 이놈들을 잡아야 하는데.'

노형진이 이 기억을 읽으려고 한 이유는 간단하다. 바로 그들이 있는 곳을 찾아내기 위해서다.

물론 호텔 같은 곳에 단체로 있을 수도 있다.

정부에서는 수상한 일본인들이 단체로 숙식하고 있다면 제보해 달라고 방송했지만 그런 제보는 없었다.

'그 말은, 그들이 사람들이 잘 모르는 곳에 숨어 있다는 거지.'

아니나 다를까, 기억 속의 공간은 호텔이 아니었다.

당장 일본인들이 대량으로 빠져나간 한국에서 일본 사람들이 단체로 숙식을 해결하고 있다면 의심받을 게 뻔하다.

'공장은 아니고 창고 같은데.'

노형진은 주변에 특정할 만한 뭔가를 찾기 위해 두리번거렸다.

하지만 창고였기에 딱히 아무것도 없었다.

그리고 그게 의미하는 건 하나뿐이다.

'한국 내부에 누군가 내통하는 놈이 있어.'

그렇지 않다면 현실적으로 이렇게 깔끔하게 창고가 비어 있을 수가 없다.

심지어 창고 구석에 간이침대와 난방장치까지 있는 걸 보니 미리 준비한 게 분명했다.

'젠장, 난방장치는 좀 먼데…….'

장소를 특정할 수 없는 상황에서 기억이 끊어졌다.

아마도 스프레이를 가방에 넣은 듯했다.

"흠…….''

노형진은 그 상황에서 많은 고민을 했다.

하지만 이내 그 모든 고민이 소용없다는 생각이 들었다.

"왜 그러나? 실패했나?"

송정한은 우려 섞인 목소리로 물었다.

현 상황에서 추적할 수 있는 건 노형진뿐이니까.

"일단은 그렇습니다."

"'일단은'이라니? 그러면…….''

"잠시만…….''

노형진은 송정한을 데리고 조용한 공간으로 향했다.

그리고 주변을 살피면서 조용히 말했다.

"정확하게는, 기억 자체는 읽었습니다. 다만 특정할 수 있는 게 전혀 없었습니다. 완전히 깔끔했습니다."

"전혀? 혹시 신문 같은 것도?"

"없습니다. 있는 거라고는 이불과 요뿐이더군요. 난방장
치도 있기는 합니다만."

"그런 건 모델 넘버나 생산 번호를 모르면 추적이 힘들
지."

"그렇습니다. 더군다나 오래된 흔적이 있는 걸로 봐서는
중고로 산 것 같습니다."

그러면 추적은 기본적으로 불가능하기에 송정한의 입에서
는 한숨이 나왔다.

"그러면 나가리인가?"

"아니요. 나가리는 아닙니다. 사실 저는 그 상황 자체가
증거가 된다고 생각합니다."

"그 상황 자체가?"

"그렇습니다. 이불에서부터 난방 기구까지 갖춰져 있는
곳이었습니다. 현실적으로 그런 공간을 해외에서 들어온 그
들이 준비하기에는 좀 빡빡하죠."

"으음?"

물론 물건이야 가능하다.

하지만 현실적으로 공간은 구하기 힘들다.

"그러면 한국인이 내통하고 있다고? 그건 말이 안 되잖
나? 일본이 한국에 테러하는데 누가 도와준단 말인가? 국정

원에서도 한국인의 협조는 가능성이 없다고 보고 있네."

그렇게 말하는 송정한을 보고 노형진은 아차 싶었다.

도대체 왜 이렇게 정보가 안 모이나 싶었더니 지금 국정원이 전혀 엉뚱한 곳을 파고 있었던 것이다.

'이런 멍청한 국정원.'

물론 송정한이야 국정원 요원이 아니니 그렇다고 친다고 해도, 국정원에서도 이러면 안 된다.

"송 의원님."

"응?"

"우리가 싸우는 건 일본이 아닙니다."

"뭐라고?"

"우리가 싸우는 건 일본이 아니라 모노스 교단이라는 종교! 입니다. 종교인데 국적이 무슨 의미가 있습니까?"

"종교?"

"지금 프랑스에서 이슬람을 믿는 자발적 테러리스트가 활개 치고 있지요. 그 애들은 프랑스 국적인데 왜 자국 내에서 테러를 하겠습니까?"

"아!"

송정한은 아차 싶었다.

모노스 교단이 사이비 교단이고 그 교세가 작다지만 어찌 되었건 종교다. 그리고 종교를 국가보다 우선하는 게 종교인들의 특성이다.

오죽하면 임진왜란 당시에 일본군 장군 중에서 크리스천이 있었다면서, 그에 저항한 이순신 장군은 지옥에 갔을 거라고 주장하는 종교인도 있을 정도다.

"그 말은?"

"국적에 따라 의심하고 안 하고의 문제가 아니라는 거죠. 전에 말씀드렸다시피 저들은 이번 일을 오래전부터 준비했을 겁니다. 애초에 바다에서 독가스를 건져 올렸다는 것 자체가 오래 준비했다는 증거죠."

"으음……."

"제 생각에는 분명 한국에 내통자가 있습니다."

"종교라……. 그러면 종교에 빠졌다는 건데……."

송정한은 그 말을 몇 번이나 곱씹다가 눈을 크게 떴다.

"그 말대로라면 내통자가 일본에서 생활했겠군."

"맞습니다. 그것도 아주 오래요."

상식적으로 모국에 테러를 가해서 수천 명 혹은 수만 명을 죽이겠다는데 그걸 좋다고 할 놈은 없다.

그 말은 오랜 시간의 세뇌를 거쳐서 받아들인 결과라는 뜻이다.

"물론 종교의 경우는 광신적인 부분이 언제 발현될지 모르지만요."

하지만 언어적인 문제가 있다.

아무리 완벽한 세뇌법이라고 해도 그걸 상대방이 이해하

지 못한다면 말짱 의미가 없으니까.

한국어만 하는 사람에게 영어로 죽어라 세뇌해 봐야 그냥 벽에 대고 떠드는 셈이다.

"특히 세뇌 작업은 상당히 정교합니다."

모든 말을 그럴듯하게 비비 꼬아서 말해야 한다.

오늘 저녁에 부대찌개를 먹자는 의견 전달은 간단하지만 '이것도 싫고 저것도 싫고 찌개류가 좋겠는데.'와 같은 식으로 꼬아서 전달하려면 말이 많아지는 법이다.

"그러면 그자는 일본어를 능숙하게 알아들을 정도로 일본에서 오래 활동한 사람이겠군."

"그렇습니다. 그리고 일본인일 가능성은 낮지요. 저들은 철저하게 준비해 왔으니 의심받지 않을 만한 사람을 골랐을 테니까요."

그리고 한국으로 들어와서 땅을 살 수 있는 사람이어야 한다.

"그런 사람이 많지는 않을 겁니다."

물론 적지도 않겠지만, 전 국민을 대상으로 감시하는 것보다는 훨씬 나은 선택일 것이다.

"아무리 국정원이 못났다고 해도 그 정도는 어떻게 해결할 수 있겠지요?"

노형진의 말에 송정한은 고개를 끄덕거렸다.

"그건 그렇지. 일본에서 최소 3년 이상 지낸 사람들 위주로 하면 되겠군."

제대로 된 언어를 배우고 포섭되려면 그 정도 시간은 걸릴 테니까.

"가능한 한 서둘러 달라고 하십시오. 기억 속에서 테러용 스프레이가 족히 서른 개는 보였습니다."

그 말에 송정한의 얼굴은 핼쑥하게 변했다.

"찾았네."

송정한은 다음 날 아침에 노형진을 찾아왔다.

"그래요? 생각보다 빠르군요."

"일본에서 귀국한 사람은 좀 되지만 그중에서 창고로 쓸 만한 공간을 산 사람은 별로 없더군."

"그럴 겁니다. 한국에서 땅을 산다는 건 절대 쉬운 일이 아니니까요."

더군다나 노형진이 본 창고는 너무 깨끗했다.

그 말은 다른 용도로 사용한 적이 없는 새 창고라는 거다.

창고를 새로 만들었을 가능성이 높기 때문에 그걸 감안해서 송정한은 정보를 흘렸고, 국정원은 기겁하여 인원을 총출동시켜 추적했다.

정보대로 서른 개의 스프레이로 한꺼번에 테러가 벌어지

면 난리가 날 테니까.

그들이 체포에 움츠러들어서 일단 움직임을 멈출 수도 있지만, 반대로 죽음을 불사하고 온 놈들이니 막나가자고 동시에 테러를 일으킬 수도 있는 일이었다.

"그래서 누군데요?"

"소가진이라는 사람일세. 원래 일본에서 10년 살았어."

그는 일본에서 살다가 한국에 들어온 지 1년 정도 되었다고 한다.

"현재는 작은 원예 사업을 하고 있네만."

"원예업이라……."

딱 창고 같은 걸 쓰기 좋은 직업이다.

"일본에서는 뭘 하다 왔나요?"

"일본에서는 프로그래머였어."

"확실히 이상하군요."

프로그래머와 원예업은 전혀 상관이 없는 일이다.

물론 새로운 길을 찾아가려고 한 것일 수도 있지만, 그러기 위해서는 상당 기간 원예업에 대해 배울 필요가 있다.

"그런데 시작부터 창고를 올렸더군. 그것도 200평 정도 되는 규모야."

노형진은 고개를 끄덕거렸다.

그가 기억 속에서 본 규모도 딱 그 정도다.

"그리고 특이한 게, 사업자는 냈는데 매출은 없단 말이지."

"특이하군요."

물론 새로 시작하는 사람이라면 그럴 수도 있다.

하지만 그럴 거면 창고를 세울 이유가 없다.

더군다나 원예 같은 경우는 필요한 건 비닐하우스 정도이지 창고는 필요하지 않다.

"일단 의심스러운 상황이라 경찰 특공대가 기습을 준비하고 있네."

"알겠습니다. 같이 갈 수 있을까요?"

"당연히 같이 가야지."

노형진의 말에 송정한은 고개를 끄덕거렸다.

"벌써 정치인들의 엉덩이가 들썩이고 있네."

"네? 무슨 말입니까?"

"한국 최초로 테러 단체를 소탕하는 일이야. 그곳에 가서 사진 좀 박으려는 놈들이 천지야, 천지."

"미친놈들."

노형진은 고개를 절레절레 흔들었다.

그가 그곳에 가려고 하는 이유는 그런 목적이 아니다.

혹시나 그들이 다른 수작을 부렸을까, 아니면 그곳에서 한 번에 소탕하지 못할까 해서 가는 것이다.

그런데 사진 한 장 박겠다고 그곳에 가겠다니.

"설마 의원님도?"

"난 그럴 생각 없네. 그 새끼들이 수틀리면 가스 터트릴 걸

뻔히 아는데. 좀 떨어진 곳에서 안정된 후에 들어가야지."

"뭐, 다들 그러겠지요. 일단 같이 가시죠."

노형진은 자리에서 일어나며 말했다.

"부디 아무런 일도 없어야 할 텐데요."

노형진은 용가리 통뼈가 아니다.

필요하다면 앞으로 뛰어들 용기가 없는 것은 아니나, 이번 일같이 직접 나설 필요가 없는 경우는 나서지 않는다.

"확실한 것 같습니다."

경찰 특공대장은 짜증스러운 기색을 애써 감추며 설명했다.

'짜증 나겠지.'

족히 10킬로미터는 떨어진 곳에서 보고하라고 자리 잡고 있는 정치인들을 보면 짜증이 나지 않을 리가 없다.

"일단 드론을 이용한 정탐 결과, 입구는 하나뿐이고 입구에 경비가 하나 있습니다."

"그러면 바로 돌입하면 되겠군."

"어렵지 않은 일이 되겠습니다."

"허허, 우리가 이번에 경찰 특공대의 활약을 잘 볼 수 있겠어요."

무슨 대단한 치하라도 하는 것처럼 말하는 국회의원들의 모습에 특공대장은 깊이 심호흡했다.

보아하니 애써 화를 가라앉히려고 하는 것 같았다.

물론 노형진 역시 그 마음을 이해했다.

"그건 위험합니다."

"아니, 어째서요?"

"그들이 가진 건 독가스입니다. 만일 저항한다고 터트리면 그 피해가 어마어마할 겁니다."

"그걸 막기 위해 방독면이 있는 거 아닙니까?"

'지랄을 한다, 아주.'

노형진은 혀를 끌끌 찼다.

방독면으로 막을 수 있는 독가스는 거의 없다.

그나마도 호흡기에 반응하는 것만 막는다.

수포 작용제 같은 경우는 방독면이 아니라 완전 방어복이 필요한데, 그걸 입으면 빠른 작전은 물 건너간다. 움직임이 무척이나 둔탁해지기 때문이다.

"일본에서 쓴 독가스는 수포 작용제입니다. 방독면으로는 못 막습니다. 그리고 지금 바람이 동쪽으로 불고 있습니다. 여기서 조금만 그쪽으로 가면 인구 30만의 대도시가 있습니다."

"아……."

그제야 정치인들은 아차 싶었다.

미친놈들이 막나가자고 그걸 여기서 터트리면 인구 30만짜리 대도시 하나가 날아가는 셈이다.

도대체 몇 명이나 죽을지 감도 잡지 못할 지경이었다.

"의원님들께서 원하신다면 물론 강제 돌입은 할 수 있습니다만."

경찰 특공대장의 말. 그리고 그 말을 들은 의원들은 아차 싶었다.

여기에 사진 한 장씩 박으러 온 게 사실이기는 하다.

하지만 반대로 말하면, 여기에서 일이 잘못되면 그 책임 역시 져야 하는 상황이 될 수도 있다는 것을 알아차린 것이다.

"아, 갑자기 급한 일이……."

"저도 지역구에서 급한 일이……."

"아무래도 집에 가스 불을 안 끄고 온 것 같습니다. 저는 이만……."

다급하게 일어나서 허둥지둥 떠나가는 국회의원들.

그걸 보면서 경찰 특공대장은 혀를 끌끌 찼다.

"뭐 하는 짓거리인지 모르겠습니다, 진짜."

"저도 그러네요."

"그나저나 정보는 감사합니다. 덕분에 위치를 특정할 수는 있었는데……."

특공대장은 곤혹스러운 얼굴로 말했다.

"테러범이라면 보통 자신들의 숙소에 대응책을 하나씩 만들어 두는 것은 기본 중의 기본이지요. 이 경우는 아무래도 만일에 대비해서 가스를 설치했을 겁니다."

그 말대로다. 아까 전 그가 의원들에게 한 말은 절대로 농담 삼아 한 말이 아니었다.

"현 상황에서 돌입하면 생각보다 많은 인명 피해가 발생할 수도 있습니다."

"예상하고 있습니다. 그래서 그걸 해결할 방법을 찾으려고 하는 거고요."

"마땅한 방법이 있을까요? 저쪽에서 준비한 상황을 보면 절대 쉽지 않을 것 같은데요."

그들이 창고를 만들어 둔 곳은 바람이 동쪽으로 불어 가는 바람길 중 하나다.

즉, 터지면 대량의 가스가 도시로 흘러갈 수밖에 없는 위치라는 것이다.

우연히 그런 곳에 자리 잡았을 가능성은 별로 없다.

"아마도 그걸 감안해서 준비한 것 같습니다만."

그 말은 만에 하나 발각될 상황까지 감안하여 모든 걸 준비했다는 걸 의미한다.

"결과적으로 말해서 현 상황에서 가장 확실한 대응책은 폭격입니다만……."

"네이팜탄을 이용한 폭격이겠군요."

"그렇습니다."

독가스를 처리할 때 가장 많이 쓰는 방법은 다름 아닌 소각이다.

그것도 적당한 온도가 아니라 순간적으로 수천 도에 달하는 소각으로 독가스를 태워 버리는 게 가장 흔하게 사용되는 방법이다.

문제는 그렇게 순간적으로 수천 도까지 올라가는 물건은 많지 않다는 것이다.

일반적인 연료로는 불가능하고 가스 정도나 되어야 하는데, 가스도 밀폐된 소각장에서나 가능하다.

'이렇게 탁 트인 곳은 가스를 쓴다고 해도 그렇게 안 되지.'

설사 하고 싶다고 해도 사방에 바람이 불어서 가스가 흩어질 것이 당연한 일이다.

'결국 정부에서 쓸 수 있는 건 네이팜탄뿐인데…….'

문제는 이런 숲이 가까운 지형에서 네이팜탄을 쓰면 사방에 산불이 나는 건 확정적이라는 거다.

애초에 네이팜탄의 목적 자체가 한 지역을 깡그리 태워 버리는 것이니까.

더군다나 테러리스트가 저 안에 얼마나 있는지 알 수도 없는 상황.

"군에서는 네이팜탄을 이용하기를 권하고 있습니다만."

그걸 쓰는 순간 또 일본에서 지랄할 것은 뻔하다.

어찌 되었건 저 안에 있는 자들은 일본인이고 그들이 산 채로 타 죽어야 한다는 건 확실하니까.

"물론 우리에게는 저쪽이 가스 테러범이라는 확신이 있지만, 네이팜탄을 쓰면 관련 증거도 사라질 테니까요."

그러면 일본 정부는 한국 정부가 선량한 일본인들에게 네이팜탄을 투하했다고 욕하고 지랄할 게 뻔했다.

그리고 분명 그걸 핑계 삼아서 진짜로 평화 헌법을 개정하려고 할 것이다.

문제는 피해자가 있는 것과 피해자가 없는 것은 일본인들 사이에서도 감각이 다를 수밖에 없다는 것이다.

일본에서는 테러범을 선량한 피해자로 둔갑시킬 테고, 일본의 평화 헌법 개헌 지지 세력은 힘을 얻게 될 게 뻔했다.

그리고 노형진은 그렇게 둘 생각이 전혀 없었다.

"조용히 접근할 방법은 없나요?"

"강제로 진입하기도 애매하고……."

창고에 접근하는 가장 좋은 방법은 차량으로 들이닥치는 거다.

하지만 그곳으로 들어가기 위한 통로는 소로뿐이고, 차가 들어가는 데에는 한계가 있다.

"다른 방법이 없는 거라면……."

노형진은 잠깐 고민했다.

현 상황에서 조용히 접근하는 게 쉽지는 않다.

그렇다고 전에 썼던 것처럼 속임수로 끌어내는 건 좋은 방법이 아니다.

"진짜로 확 다 죽일 수도 없는 노릇이고."

한숨을 푹 쉬는 경찰 특공대.

"저놈들은 죽음을 각오했습니다. 어설프게 들어갔다가는 분명 심각한 문제가 생길 겁니다."

살기 위해 발악하는 놈들은 차라리 상대하기 쉽다.

하지만 죽음을 불사하는 놈들은 상대하기 까다롭다.

죽는 그 순간까지 한 명이라도 더 데리고 가려고 하기 때문이다.

"하긴, 그렇더군요."

중국에서도 일본에서도, 지하철에서 탈출한 사람들 사이에서 수상한 사람은 찾지 못했다.

현실적으로 범인들이 거기서 같이 죽었다고 정보부는 판단하고 있다.

'사실 살려고 하면 방독면밖에 방법이 없으니까.'

그런데 방독면을 쓰는 순간 사람들이 이상하게 볼 게 뻔하다.

그리고 지금 같은 상황이라면 몇몇은 비명을 지르며 탈출할 테고, 몇몇은 찍어 누르며 제압하려고 할 것이다.

즉, 테러범 본인이 살기 위해 방독면을 쓰면 희생자들에게 피해를 크게 입히는 건 불가능하다.

"방독면이라……."

노형진은 중얼거리다가 문득 한 가지 가능성에 생각이 미쳤다.

"그 말은 저쪽에 방독면이 없다는 거죠?"

"그렇게 추정하고 있습니다."

"하긴, 있다고 해도 여기서 쓸 이유는 없을 테고."

노형진은 그렇게 말하다가 고개를 돌려서 서쪽에 있는 숲을 바라보았다.

"그러면 우리가 저놈들의 작전을 써도 되지 않을까요?"

"저놈들의 작전요?"

"네. 저들은 가스를 쓰는데 우리라고 쓰지 말라는 법은 없지 않습니까?"

"설마 독가스라도 쓰시겠다는 겁니까?"

노형진은 고개를 흔들었다.

"그럴 필요는 없지요."

그러면서 히죽 웃었다.

"가스가 그것만 있는 건 아니니까요."

⚖️

수면 가스. 영화나 만화에서 많이 사용되는 가스다.

물론 그런 곳에서 표현되는 방식은 생각보다 많이 극단적이다.

대부분의 수면 가스는 마취 가스고, 휘발성이 강해서 무척이나 빨리 사라지는 편이다.

당연하게도 그렇게 넓은 공간에서 뿌리면 효과도 약해진다.

중요한 건, 그렇게 사람이 가스에 노출되는 순간 기절할 정도라면 그건 수면 가스가 아닌 독가스가 된다는 점이다.

그 정도로 강력한 가스라면 기절 이후에도 계속 흡입하게 되는데 그건 바로 죽음으로 이어진다.

실제로 러시아에서 인질 구출 작전에서 썼는데, 팔백쉰 명 중 백스물여덟 명의 인질이 수면 가스 중독으로 죽는 희대의 병크를 저지르는 결과를 불러왔다.

"밀폐된 공간에서 쓰면 위험하지만 이런 탁 트인 공간이라면 이야기가 다르지요."

좀 떨어진 숲. 그곳에서 사람들은 가스통을 하나씩 든 채 몸을 숨기고 있었다.

양이 제법 많지만 어차피 창고로 가는 중에 다 흩어질 것이다.

"이 시간이면 다들 졸릴 시간이니 딱히 이상함도 못 느낄 테고요."

새벽 2시. 모두가 잠드는 시간.

이 시간에 깨어 있는 것은 오로지 불침번뿐이다.

"그자가 저도 모르게 잠드는 건 어쩔 수 없는 일일 겁니다, 후후후."

노형진은 바람을 확인하고는 가스 밸브를 열었다.

휘발성이 강한 가스이기 때문에 이렇게 바람을 타고 창고까지는 갈 수 있을지 몰라도 도시까지 가는 것은 불가능하다.

무색, 무취, 무미의 가스는 천천히 창고로 몰려가기 시작했고, 잠시 후 입구를 지키던 불침번은 입이 찢어지게 하품을 했다.

그는 잠을 이기려는 듯 열심히 운동도 하고 여러 가지 방법을 썼지만, 이내 의자에 앉아서 꾸벅꾸벅 졸기 시작했다.

"확실히 잠들었겠지요?"

"확실히 잠들었을 겁니다. 수면 가스가 괜히 수면 가스가 아니지요."

사실 수면 가스라고 하면 잠드는 거라고 생각하기 쉽지만, 엄밀하게 말하면 잠드는 게 아니라 마취되는 것이다.

수술할 때 쓰는 게 바로 이 가스로, 이것에 마취된 사람은 배를 째고 수술해도 모른다.

"무브, 무브."

노형진은 숲에서 상황만 살폈다.

어차피 직접 가 봐야 할 수 있는 건 없으니까.

경찰 특공대는 방독면을 쓰고 조심스럽게 접근하기 시작

했다.

그들이 곧 불침번을 조용히 바닥에 눕히고는 포박하는 게 보였다.

"혹시 모르니까…… 아시죠?"

"이미 명령을 내려 놨습니다."

경찰 특공대는 조심해서 유리창으로 다가갔다.

그리고 작은 드릴로 유리창의 창틀에 구멍을 내고는 가느다란 호스를 밀어 넣었다. 그런 다음 가지고 간 가스통을 연결해서 조용히 가스를 풀었다.

"역시나 내부에 따로 불침번이 있었나 보군요."

만일 불침번이 없다면 조용히 들어가서 제압하면 되지만, 내부 불침번이 있다면 이야기가 달라지기에 조용히 재우기로 했다.

잠시 후 가스에 취한 불침번이 쓰러지는 걸 확인한 경찰 특공대는 조용히 창문 안쪽을 살폈다.

잠시 후 들려오는 무전 소리.

−예상대로입니다. 이 미친놈들, 내부를 가스로 도배해 놨습니다. 강제로 돌입했으면 터져 나갔을 겁니다.

"으음, 입구는?"

−입구도 마찬가지입니다. 입구에 있는 번호 키랑 연결되어서, 부수고 들어갔으면 가스가 터져 나갔을 겁니다.

경찰 특공대장은 부하의 보고에 혀를 내둘렀다.

작게 생긴 구멍으로 밀어 넣은 내시경 카메라가 안쪽을 비추고 있는데, 안쪽에는 여러 개의 가스통이 연결되어 있었다. 강제 돌입에 대비해서 죄다 터질 수 있게 만반의 준비를 해 놓은 상태였다.

"지독하네요."

도대체 종교의 어떤 면이 사람을 이렇게 광기로 물들게 만드는 걸까?

노형진은 그 풍경을 보면서 그렇게 생각했다.

문과 창문뿐만 아니라 벽에까지 연결해 놔서 벽을 강제로 뚫는 것도 위험했다.

"아무래도 창고는 벽이 취약하지요. 그걸 감안한 것 같군요."

"그런 모양입니다."

노형진은 그걸 보며 입술을 깨물었다.

"역시 전문가가 붙은 것 같군요."

저렇게 벽이 뚫릴 것까지 방지하는 건 일반인은 생각하기도 힘들고, 저런 식으로 설치하는 것도 힘들다.

반대로 생각하면, 폭탄에 대한 전문가가 붙어서 모든 걸 준비했다고 봐야 한다.

"어떻게 하지요? 이대로 들어갈까요?"

"위험합니다. 수면 가스 때문에 깨지는 않겠지만 잘못하다가 뚫리기라도 하면……."

노형진은 부르르 떨었다.

그랬다가는 진짜 인구 30만짜리 도시가 한순간에 죽음의 도시로 변할 수도 있다.

"결국 입구에 있는 번호 키를 풀어야 한다는 건데……."

그러면 그런 전문가를 불러야 한다.

시간이 좀 걸릴 것이다.

그러다가 깨어나면 여러모로 곤란해진다.

"잠시만요. 내부를 다시 한번 보여 주시겠습니까?"

"내부요?"

"네. 천천히요."

천천히 돌아가는 렌즈.

노형진은 모니터를 보면서 한 가지를 확신했다.

하지만 다른 것도 확인해야 한다.

"혹시 주변에 사다리가 있는지 확인해 주시겠어요?"

"사다리요?"

"네, 내부 말고 바깥쪽에 말입니다."

"알겠습니다."

경찰 특공대장의 명령에 재빠르게 몇몇 경찰 특공대원들이 주변을 수색했고, 얼마 지나지 않아서 무전이 날아왔다.

─사다리로 보이는 물건은 없습니다.

"역시 그렇군요."

"뭐가 말입니까?"

"아니, 창고 안에 사다리는 보이지 않았거든요. 그렇다면 지붕에는 가스통을 설치하지 않은 거 아닐까요?"

"지붕요? 아하! 카메라를 돌려서 지붕 확인해 봐."

비록 저해상도의 카메라이고 어둠 속이라서 어렴풋하게밖에 보이지 않았지만 다행히 지붕에 붙어 있는 물건들을 확인할 수는 있었고, 거기에는 폭탄이나 시설물은 없었다.

"어떻게 아신 겁니까?"

"지붕이 제법 높으니까요. 저곳에 설치하려면 사다리가 필요합니다. 그런데 어디에도 사다리가 없으니……."

"아하!"

사다리를 쓴 후에 딱히 멀리 둘 이유는 없다.

그러니 분명 사다리는 처음부터 없었다는 소리고, 그 말은 지붕은 그들도 생각하지 못했다는 뜻이 된다.

"하긴, 지붕은 생각보다 약하기도 하지요."

경찰 특공대장은 바로 무전기를 날렸다.

당연히 경찰 특공대의 장비 중에는 사다리도 있다. 2층이나 3층 건물에 돌입해야 하는 경우도 있기 때문이다.

차량은 바로 아래에 있었고, 얼마 지나지 않아서 대원들이 차량에서 사다리를 들고 와서 설치하고 몇몇이 지붕으로 가서 구석에 작게 구멍을 내기 시작했다.

끼이이익.

유압식 절단기 때문에 힘없이 뜯기는 천장.

그 소리에 노형진은 침을 꿀꺽 삼켰다.

아무리 수면 가스를 뿌렸다지만 혹시나 깰까 봐서였다.

다행히 그런 일은 없었고, 작게 난 구멍을 통해 경찰 특공대가 한 명씩 내려갔다.

가장 먼저 내려간 특공대원은 잠든 사람들을 확인하고, 다른 사람이 내려와서 설치된 폭탄으로 향했다.

그는 몇 번 돌아다니면서 폭발물을 확인하더니 한참 지나고 나서야 손으로 동그라미를 그렸다.

그제야 경계하고 있던 다른 경찰들이 잠든 사람들에게 한 명씩 수갑을 채우기 시작했고, 테러범들은 모두에게 수갑이 채워질 때까지 누구도 일어나지 못했다.

⚖️

한국이 테러범들을 소탕했다는 소식은 빠르게 퍼져 나갔다.

일본과 미국에서는 전문 수사 팀을 한국으로 급파했고, 중국에서는 한국의 테러범들을 중국으로 넘기라면서 극단적으로 반응했다.

"다른 두 나라는 알겠는데 중국은 왜 저런답니까?"

무태식은 혀를 끌끌 차면서 말했다.

일단 상황이 상황이다 보니 미국과 일본은 어떻게 해서든 정보를 캐내야 하는 상황이었다.

"아무래도 중국 입장에서는 어떻게든 보복해야 하니까요."

무태식에게 말하면서 노형진은 혀를 끌끌 찼다.

중국은 보복하는 모습을 보여 주기 위해 범인을 달라고 하는데 한국 정부가 미쳤다고 그들을 보내 주겠는가?

물론 보내 주자는 의견도 없지는 않았다.

테러를 저지르고 잡힌 게 아니라서 한국에서는 제대로 된 처벌이 되지 않을 게 뻔하기에 중국 정부의 손으로 죽여 버리자는 것이다.

중국으로 가는 순간 곱게는 못 죽을 테니까.

"아마도 온갖 고문을 다 당하고 걸레짝이 되도록 총에 맞아 죽겠지요. 물론 여자들은 강간당하는 건 덤일 테고요."

노형진은 어깨를 으쓱하며 말했다.

"마음 같아서는 진짜 그러고 싶은데."

무태식은 혀를 끌끌 찼다.

현실적으로 테러라는 그들의 행동으로 인해 온 나라가 뒤집어지다시피 했으니까.

"하지만 그럴 수는 없지요. 일단 한국의 범인이니까요. 물론 출소 이후에 어떻게 될지는 모르지만."

중국이라면 출소 이후에라도 납치하거나 암살할 가능성은 분명 존재한다.

"일단 범인을 잡았으니 끝일까요?"

노형진은 무태식의 우려 섞인 말에 고개를 흔들었다.

"아니요. 그건 아닐 겁니다. 도리어 모노스 교단에서 일을 더 서두를 겁니다."

"어째서요?"

"애초에 옴진리교가 서둘러서 테러를 벌였던 이유가 교단의 세가 줄어드는 것 때문이었거든요."

옴진리교를 이단으로 특정하고 경찰과 일본 정부가 수사를 시작하자 그 보복으로 옴진리교에서 실행에 옮긴 것이 가스 테러다.

"이번에는 한국에 파견된 범인들이 모조리 잡혔습니다. 그 말은, 그들의 본부가 모조리 털릴 수도 있다는 거지요."

"그렇다면……?"

"기존 교단의 성향을 보면, 꼬리를 말고 잠수하기보다는 빠르게 테러를 벌이려고 들 가능성이 높습니다."

물론 한국에서는 쉽지 않을 것이다.

일단 이번 일로 한국에 파견된 자들이 모조리 잡혔으니까.

"하지만 중국도 남았고, 일본은 아예 교단의 본부가 있으니까요."

"으음……."

"더군다나 그들은 교단을 통해 해외 테러 단체에 톤 단위의 가스를 팔려고 하는 중입니다."

그 말은, 그들이 어떻게든 일을 서두를 것이라는 거다.

"그들에게 궁극적으로 필요한 건 사실 돈입니다."

"흠……."

"원래 교단이라는 게 그렇지 않습니까?"

아래에서는 신에게 목숨을 바친다고 생각할지 모르지만 교단의 수뇌부는 막대한 부를 쌓아서 그걸 누리려고 하는 게 현실이다.

당장 십자군 전쟁 역시 기사들은 그 거친 전쟁터에서 목숨을 잃었지만 진짜 목적은 교회의 이권 때문이었다는 게 역사학자들의 의견이었다.

"그러면 현실적으로 그들을 막을 방법은 없는 건가요?"

"일단은…… 방법을 찾아봐야지요."

노형진은 나지막하게 말했다.

"어쩌면 방법이 있을지도 모르고요."

이것이 법이다

돈이라는 이름의 신

유지코 신지. 노형진은 그 남자를 보고 있었다.

'이놈이 수장이야.'

그들은 결코 입을 열지 않았다.

얼마나 확실하게 세뇌받았는지 협박이나 회유, 읍소에도 눈 한번 깜짝하지 않았다.

심지어 이름도 말하지 않고 있었기에 누가 이들을 이끌고 있는지조차도 알아내지 못했다.

물론 그건 정부 조직 기준이었다.

"유지코 신지 씨, 사실을 말하세요. 저희는 모든 걸 다 알고 있습니다."

노형진은 그가 리더라는 걸 알고 있다.

알 수밖에 없다. 기억 속에서 그가 다른 사람들에게 연설하는 걸 봤으니까.

"난 모르는 일입니다."

딱 모른다고 잡아떼는 유지코 신지의 말에 노형진은 코웃음을 쳤다.

"모른다고 해서 이게 해결될 일이라고 생각합니까?"

"난 모릅니다."

"이미 당신에 대해서는 확인했습니다."

"난 모릅니다."

아무것도 모른다는 말만 반복하는 유지코 신지.

노형진은 그를 바라보다가 힐끔 창문을 돌아보았다.

그 너머에 있는 정부 요원들의 숨넘어가는 꼴이 보이는 것 같았다.

'그럴 만하지.'

지난 며칠간 어떻게든 한마디라도 뜯어내려고 했지만 그가 한 말은 딱 두 마디뿐이다.

'모릅니다.'와 '변호사를 붙여 주십시오.'라는 말.

'오죽하면 딕슨이 눈 딱 감고 고문하자고 했을까?'

제아무리 CIA라 해도 고문을 하면 좋은 꼴은 못 본다.

더군다나 지금 이들은 공식적으로 잡혀 있는 상태다. 당연히 고문하면 법적으로 문제가 된다.

그러나 딕슨은 지금 상황에서 이들을 풀어 줬다가는 도리어 더 큰 문제가 생긴다고 주장하면서, 자신이 책임질 테니 고문하자고 주장하고 있었다.

'문제는…… 그게 그다지 효과는 없을 거라는 거지.'

노형진은 그렇게 말하면서 남자의 손을 힐끔 살폈다.

긴 옷으로 가려지기는 했지만 살짝 보이는 흉터들.

경찰의 이야기에 따르면 남자고 여자고 온몸에 흉터가 가득했다고 했다.

'심지어 열여섯 살짜리 몸에도 흉터가 있다고 했으니.'

그러면 답은 하나다.

이 미친놈들이 고문에 대항한답시고 자해를 했다는 것, 아니면 최소한 훈련을 받았다는 것이다.

그런 놈들은 아무리 잘 설명해 준다고 해도 흔들리지 않는다.

교단의 말이 아니면 모조리 이단이며 사탄의 말일 테니까.

'물론 그런다고 해도 나는 못 이기겠지만.'

노형진은 스윽 자리에서 일어났다.

그리고 그에게 다가가서 어깨에 손을 올렸다.

"걱정하지 마세요. 잘될 겁니다."

"변호사를 붙여 달라."

훈련된 말만 하는 남자의 어깨를, 노형진은 주물러 주었다.

"많이 뭉쳤네요."

"변호사가 없으면 이야기하지 않을 것이다."

'지랄한다. 변호사가 있어도 말하지 않을 거면서.'

노형진은 어차피 변호사를 붙여 줄 생각도 없었다.

다만 그를 흔들 생각이었다.

"이미 이야기는 다 끝났습니다."

"나는 모른다."

"그렇겠지요. 하지만 당신의 상관인 하시모토 씨도 모른다고 할까요?"

그는 움찔했다.

그걸 확인한 노형진은 속으로 웃었다.

'그래, 이게 정상이지.'

인간은 입은 조절할 수 있을지언정 정신은 조절할 수 없다.

그의 기억은 그대로 노형진에게 넘어올 수밖에 없었고, 노형진은 그걸로 계속 흔들 수 있었다.

누가 보면 무척이나 다정하게 설득하는 것처럼 보이겠지만 말이다.

"저는 변호사임과 동시에 미다스의 사람이지요. 그쪽의 정보력은 뛰어납니다. 가령 이런 것도 알아낼 수 있었지요. 당신의 상관인 하시모토 씨의 본명이 겐조 야마다라는 것과 그가 한국에 대한 공격을 6개월 전에 계획했다는 것, 그리고 당신네 기지가 후쿠시마 바로 옆의 빈 기지에 있다는 것 정도는 우리가 충분히 알아낼 수 있었습니다."

유지코 신지의 눈이 격하게 떨렸다.

그리고 옆방에서 보고 있던 사람들은 기함했다.

"뭐야? 사실이야? 저거 확실해?"

"사실인 것 같은데요? 지금 유지코 신지가 흔들리고 있습니다."

"당장 확인해! 일본에 이야기해서 해당 지역을 싹 쓸어!"

"하지만…… 너무 넓습니다."

"넓은 게 문제야? 모조리 다 들이부으라고 해!"

CIA도 놀랄 수밖에 없었다.

누구도 알지 못하는 것을 노형진이 이야기하고 있으니까.

"더 이야기할까요, 유지코 신지 씨?"

"나는…… 모, 모른다. 나에게 변호사를……."

"아, 변호사요. 그럴까요? 그런데 일본에 있는 당신네 변호사를 부르려면 시간이 좀 걸릴 텐데요? 신카토 변호사라고 했나요? 도쿄에서 여기까지 오려면 시간이 좀 걸릴 겁니다. 아, 그리고 한국에서 그의 변호사 자격은 전혀 쓸모없는 거 아시죠?"

그는 격하게 흔들리기 시작했다.

신카토는 그들의 일을 몰래 처리해 주던 변호사였고, 일반 신도들에게는 단 한 번도 새어 나간 적이 없는 사람이었기 때문이다.

"그리고 말입니다."

노형진은 이제는 말도 하지 못한 채 어떻게든 마음을 진정시키려고 하는 유지코 신지에게 더 날카로운 말을 던졌다.

"당신의 딸과 와이프가 중국 테러의 범인이라는 것도 알지요."

"……!"

"독하군요. 딸과 와이프까지 독가스 안으로 던져 버리다니."

"그건 교주님과 신을 위한 선택이야!"

결국 폭발하고 마는 유지코 신지.

노형진은 그렇게 생각하지 않았다.

아니, 생각할 수가 없었다.

"그래서 살려 달라고 비는 당신의 열여덟 살짜리 딸을 독가스 실험의 제물로 삼았습니까? 신에게 바치는 제물로?"

"으아아악!"

결국 유지코 신지는 자리를 박차고 일어나서 노형진의 목을 조르려고 했다.

하지만 그게 될 리가 없었다.

그는 사슬로 묶여 있었고, 일어나기 무섭게 휘청거리면서 바닥에 쓰러졌다.

그 바람에 그의 기억을 읽는 것 역시 끝났지만 노형진에게는 상관없는 일이었다.

"넌 괴물이야."

더 이상 그의 기억을 헤집지 않아도 될 만큼 충분히 알았고 충분히 기분이 더러웠다.

"신이 진짜 존재한다면 네놈을 영원히 지옥에 처박을 거다. 그러지 않는 신은 내 쪽에서 거절하겠어."

"이단 새끼, 죽여 버리겠어! 죽여 버리겠어!"

고래고래 고함을 지르는 유지코 신지를 두고 노형진은 취조실에서 나왔다.

그런 그에게 다급하게 딕슨이 다가왔다.

"미스터 노, 그 정보는 어디서 구한 겁니까? 아니, 그걸 어떻게 아신 겁니까? 그걸 왜 알면서 말씀하시지 않은 겁니까?"

"몰랐으니까요."

"네?"

딕슨은 어리둥절한 표정이 되었다.

노형진의 말에 유지코 신지는 길길이 날뛰었다. 그래서 모두가 그게 다 사실이라고 생각했다.

그런데 모른다니?

"그냥 추론일 뿐이었습니다."

"추론요?"

"그렇습니다. 지금 일본에서 저 정도 집단이 숨어 있을 만한 곳은 많지 않으니까요."

"하지만 산속 같은 곳도 있지 않습니까?"

"그런 곳이라면 일본 정부가 찾았겠지요."

"으음……."

확실히 일본 정부는 요 근래에 놓쳤다지만 오랫동안 옴진리교와 그 계파에 대해 추적하고 있었다.

만일 산속에 그들 명의의 집이나 공간이 있었다면 당연히 알고 있어야 한다.

"그 말은 그들 명의가 아니라는 거죠. 그런데 30톤의 가스와 최소 수백 명이 넘는 사람들이 있을 만한 공간이 어디에 있겠습니까?"

"가스…… 그게 문제군요."

사람도 사람이지만 그 30톤의 가스가 문제다.

그걸 감춰 둬야 하는데 그게 쉬운 일은 아니다.

"하지만 방사능오염 지역은 누구도 들어가지 않으니까요."

그곳에 적당히 감춰 두면 누구도 알지 못한다.

설사 본다고 해도 방사능 사태 이후에 버려진 폐기물이라고 생각하지, 그게 가스일 거라고 상상이나 하겠는가?

"더군다나 일부 반군 세력이 일본의 방사능오염 지역에 무기를 감춘 적이 있지 않습니까?"

물론 그건 노형진이 일본에 엿을 먹이려고 한 일이었고, 그로 인해 방사능오염 지역을 순찰하게 된 자위관들이 너도나도 자위대를 그만두는 이유가 되기도 했다.

"그런데 자위관들이 그걸 몰랐다고요?"

"아까도 말했지만 자위관들이 찾는 건 무기였지 가스가 아니었습니다."

그러니 순찰을 돌다가 발견했다 해도 단순히 폐기물이라고 생각하지 무기라고 생각하기는 쉽지 않다.

그들이 생각하는 무기는 총과 로켓, 수류탄 같은 것일 테니까.

"그나마도 외부에 드러났을 때의 이야기입니다. 일본에 지하 주차장 건물도 많을 겁니다."

"그렇군요."

지하 주차장에 그걸 두고 셔터를 내려 둔다면, 그리고 그 후에 짐을 쌓아 둔다면 군인들이 그곳을 열어 보고 확인했을까, 아니면 그냥 지나갔을까?

"자위관들은 군인이 아니라 '공무원'입니다."

그러니 그들은 무기를 찾기 위해 온 도시를 뒤지기보다는 거동 수상자를 찾아서 순찰하는 수준에서 끝났을 것이다.

"가스만 거기에 두고 사람은 다른 곳에 숨어 있을 수도 있지요."

주민등록번호같이 추적할 수 있는 뭔가가 없는 일본의 특성상 그렇게 숨어 있으면 추적은 힘들다.

"그래서 찔러본 겁니다. 만일 가스를 숨겨 뒀다면 그곳에 숨겨 두지 않았을까 하고요."

"그러면 그 가족 문제는요?"

"목숨을 걸고 테러하러 한국에 온 놈입니다. 그런데 가족들이 그걸 반대해야 정상인데, 없더군요. 물론 교단의 배려 아래에서 어딘가에 숨어 있을 수도 있다고 생각했지만 모노스 교단이 그런 놈들은 아닐 것 같고. 그리고 이런 광신 같은 경우는 온 가족이 오염되는 경우가 많거든요."

"오염요?"

"……그것 말고는 적당한 단어가 생각나지 않네요."

노형진의 말에 딕슨은 입맛을 다셨다.

그 말이 틀린 말은 아니기 때문이다.

단순히 포교라고 할 수 없다. 이건 '오염'이다.

그렇기에 가만두면 사방에서 사람들을 계속 좀먹는다.

"딸 같은 경우는 저희 쪽 조사에 따르면 상당히 오래전부터 보이지 않았다고 합니다. 그리고 가족들과 사이가 좋지 않았다고 하니……."

"무슨 소리인지 알 것 같습니다."

그런 경우 결국 문제가 되는 것은 바로 종교다.

종교가 서로 맞지 않으면 어떤 가족도 사이가 좋을 수가 없다.

"그래서 생각해 봤습니다. 만일 딸이 정상적인 사람이라면, 그가 가스 테러를 저지를 예정이라는 걸 알게 되었을 때 과연 어떻게 했을 것인가?"

"신고했겠군요."

"네. 그런데 그런 것도 없이 그냥 실종되었지요. 그래서 찔러 본 겁니다. 사실…… 딸을 죽였다고 찔러보려고 하다가 좀 더 자극적으로 말해 볼까 하고 실험체로 삼았냐고 따졌는데……."

노형진은 거기까지 말하고 살짝 눈을 찡그렸다.

설마 진짜로 가족을 가스의 실험용 쥐로 삼을 줄은 몰랐던 것처럼.

"광신자들은 답이 없지요."

오랜 시간 그런 테러범들과 싸워 온 딕슨은 노형진의 말이 이해가 간다는 듯 고개를 끄덕거렸다.

"제가 싸워 온 광신자들은 가족들을 무슨 도구처럼 생각합니다."

"그런 것 같네요."

"일단 미군과 일본군을 통해 해당 지역을 싹 쓸어 봐야겠습니다."

"하지만 쉽지 않을 겁니다. 상황이 상황인 만큼……."

"그들은 바보가 아니지요."

딕슨은 걱정스럽게 말했다.

"무슨 일이 있을지 모르지만, 그래도 제대로 잡을 수는 있을 겁니다."

노형진의 말에 고개를 끄덕거렸지만 왠지 불안감이 사라지지 않았다.

띠리링, 띠리링. 새벽에 울리는 벨 소리.

노형진은 어떻게든 전화를 받기 위해 머리 위를 더듬거려 핸드폰을 찾아서 간신히 통화에 성공했다.

"네…… 노형진입니다……."

잠에 취해서 비몽사몽간에 이야기하는 노형진.

그러나 그다음 순간, 노형진은 정신이 번쩍 들었다.

―미스터 노, 일본에서 일이 터졌습니다.

익숙한 목소리, 그건 다름 아닌 딕슨이었다.

잠이 확 깬 노형진은 다급하게 물을 수밖에 없었다.

"일본에서 일이 터졌다는 게 무슨 말입니까? 또 테러가 터졌습니까?"

―그건 아닙니다만, 그 모노스 교단의 비밀 창고 중 한 곳을 발견했습니다.

"비밀 창고요?"

―네. 미스터 노 측의 정보가 맞았습니다.

그들은 오염 지역에 있는 지하실이 딸린 버려진 건물 하나를 아지트로 삼았는데, 그 안에서 다수의 사람들이 살고 있었다고 한다.

발전기도 들여놓고 숨어서 살고 있었기에 순찰을 돌던 사람들이 발견하지 못했다고.

이것이 법이다

설마 감시조까지 운영해 가며 정부의 시선을 피해서 거기에서 사람이 살 거라고는 아무도 생각하지 못했다.

"잠시만요."

노형진은 정신을 맑게 하기 위해 벌떡 일어나 후다닥 머리에 찬물을 뿌렸다.

그리고 그걸 대충 닦으며 물었다.

"생각보다 빨리 찾으셨군요. 어떻게 찾으신 겁니까? 오염지역을 다 뒤진다는 게 절대 쉬운 일이 아닌데."

―헬기를 동원했습니다. 아무래도 계절이 계절이니까요. 버려진 지역에 열원이 뭐가 있겠습니까?

'허미, 역시 천조국다운 발상이네.'

한국이나 일본은 돈 때문에 항공정찰은 꿈도 못 꾼다.

설사 한다고 해도 눈으로 관측하는 거지, 그 비싼 열화상 카메라는 꿈도 못 꾼다.

하지만 미국은 돈이 많고, 그러한 열화상 카메라를 이용해서 집 안에서 몰래 키우는 대마초도 추적하는 나라다.

대마초 같은 경우는 상당한 열이 있어야 하기 때문에 전기를 많이 쓰든가 따로 발전기를 돌려서 열을 만들어 내니까.

―순찰을 돌다 보니 그곳에만 열원이 있었다고 하더군요.

당연히 바로 순찰대가 들이닥쳤고 그 후에 총격전이 벌어졌다고 한다.

"총격전요?"

—그렇습니다. 가스까지 준비한 놈들이니 총은 당연히 있다고 봐야겠지요.

"으음."

노형진은 아무런 말도 못 했다.

하긴, 테러 단체가 총을 못 구하면 그것도 이상한 일이기는 하다.

"그래서 다 잡았습니까?"

—애석하게도 그건 아닙니다.

딕슨의 목소리에서 힘이 쫙 빠졌다.

그런데 이야기를 들어 보니 그럴 만했다.

저항이 워낙 심한 탓도 있었지만, 이 미친놈들이 아무래도 수세에 몰리기 시작하자 가스를 터트리려고 했다고 한다.

물론 아무래도 방사능오염 지역인지라 사람들이 살지 않고 있다지만 가스가 바람을 타고 어디로 갈지도 모르는 상황에 그걸 가만둘 수는 없는 노릇이었기에 미 정부는 결국 최후의 수단을 쓸 수밖에 없었다고 한다.

—네이팜탄 폭격을 가했습니다.

"아……."

사람도 사람이지만 가스를 가만둘 수는 없기에 정부에서는 다급하게 네이팜탄을 이용해서 그 일대를 깡그리 날려 버렸고 모든 것이 불에 활활 타 버렸다고 한다.

"그래도 다행이군요. 범인을 잡았으니 더 이상 테러는 없겠습니다."

노형진은 그 불에 타 죽은 사람들이 안타까웠지만 결국 그들 스스로 선택한 것이다.

종교라는 것에 오염되어서 뭐가 우선인지조차도 모른다면 그들은 결국 나중에 사람들을 좀먹은 악마가 될 테니까.

—그게, 그런데 문제가 있습니다.

"문제라니요?"

—지금…… 네이팜탄 불길도 꺼지고 일단 내부 수색에 들어갔는데…….

"그런데요?"

—지하 주차장에서 발견된 가스통의 숫자가…… 많이 부족합니다.

"네? 그게 무슨 말이죠?"

—말 그대로입니다. 이 안에 있던 가스의 양이 대략 20톤쯤 됩니다. 아무래도 양쪽에 나눠서 숨겨 둔 것 같은데…….

노형진은 등골이 오싹해졌다.

그걸 나눠서 감춰 놓은 상황에서 한쪽이 싹 쓸려 갔다?

그렇다면 모노스 교단에서 어떻게 행동할까?

"설마……."

—아사토가 사라졌습니다. 아니, 그곳에 아사토는 없었던 것으로 보입니다.

"뭐라고요? 확실합니까!"

─그럴 거라고 추측하고 있습니다. 하지만 워낙 시체들이
다 타 버려서…….

"끄응……."

네이팜탄에 타 버린 시체는 신원을 파악하는 게 절대 쉽지
않다.

네이팜탄은 섭씨 3천 도까지 올라가는데, 그 상황이면 시
체가 뼈만 남고 모조리 재가 되어 버린다.

독가스를 제거할 때 네이팜탄을 쓰는 이유가 그것이다.

어떤 화학물질도 3천 도의 온도를 버티지 못하고 타 버리
니까.

"죽은 것은 확실한 것 아닙니까?"

─처음에는 그렇게 생각했습니다만, 그곳의 상황을 보면
아사토가 없었을 가능성이 높습니다.

옴진리교는 많은 사이비 종교들과 마찬가지로 신도의 재
산을 교주가 갖는 게 당연하도록 운영되었다.

그래서 옴진리교의 교주는 어마어마한 부자였고, 그러한
사상은 옴진리교를 이어받은 모노스교 역시 마찬가지였다.

─그 안을 분석한 결과 최소한의 물자만 있었습니다. 심지
어 침대조차도 없었습니다.

고급스럽게 살던 놈이 허름한 요와 이불에서 자라고 하면
쉽게 잘 수 있을까?

그건 힘들다.

이불에서 자던 사람이 침대에서 잘 수는 있어도 침대에서 자던 사람은 이불에서 자는 걸 어색해한다.

그리고 아사토는 부자로 살아왔으니 침대 생활을 했을 가능성이 높다.

일본이 이불 문화이기는 하지만 부자들은 점점 침대 문화로 바뀌는 중이니까.

"맙소사."

절반이 날아간 교단. 그리고 종적을 알 수 없는 교단의 가스.

–현재 내부 용기를 확인해 봤습니다만 여기에 있었던 건 많아 봐야 20톤이라고 합니다. 그러면 10톤이 비는 건데, 한국이나 중국에 썼다고 해도 많아 봐야 수십 킬로그램일 겁니다. 지금 남은 게 어디로 갔는지 전혀 알 수가 없습니다.

딕슨이 이 밤중에 다급하게 전화한 이유가 있었다.

아사토가 미쳐서 남은 걸 뿌려 버리면 이만저만 난리가 아니다.

지하철에서 테러? 그게 중요한 게 아니다.

차에 싣고 다니면서 막 뿌려 대면 도시가 순식간에 죽음으로 가득 찰 것이다.

–혹시 정보 들어온 것 없습니까?

얼마나 다급하면 이렇게 정보를 얻기 위해 노형진에게 전화를 다 했을까?

그러나 노형진이라고 해서 그런 정보를 갑자기 찾아낼 수는 없다.

"일단은 제가 그곳으로 가겠습니다. 한국에서는 어떻게 할 수가 없습니다."

-기다리고 있겠습니다. 그리고 저희 쪽도 가능하면 아사토를 추적해 보겠습니다.

노형진은 바로 옷을 주섬주섬 입었다.

씻는 건 꿈도 못 꾸고 바로 공항으로 가서 가장 빠른 일본행 비행기를 찾았다.

물론 한국 사람으로서 일본이 마음에 드는 것은 아니다.

하지만 일본이 마음에 들지 않는 것과 그곳에서 수만 명이 죽는 것은 전혀 다른 문제다.

더군다나 이번에 못 잡으면 그 화살은 언제든 한국으로 향할 수도 있다.

"후우."

비행기는 새벽의 공기를 가르며 날아올랐고, 노형진이 일본에 도착할 때쯤 공항에는 이미 딕슨이 나와 있었다.

"일본과 미국의 모든 정보 조직이 총동원되어서 움직이고 있습니다."

"흔적은요? 그놈들이 움직였을 거 아닙니까?"

"흔적은 찾았습니다만 애석하게도 이미 도주한 후였습니다."

"흔적을 찾았다고요?"

"그렇습니다."

교전 당시에 그곳에서 핸드폰을 이용한 통신 기록이 나왔고, 그건 당연히 모노스 교단 말고는 쓸 사람이 없었기에 다급하게 상대방 지역을 찾아갔다.

"그런데 갔을 때는 이미……."

"비어 있었다 이거군요."

이번에 교전이 벌어진 곳은 터져 나간 발전소를 기준으로 남쪽이었다.

그런데 마지막 통신이 끝난 곳은 발전소 기준으로 서북쪽.

그렇다 보니 거리가 있어서 추적하는 게 쉽지 않았다.

"그나마 다행인 건 그곳에서 5톤 정도의 가스를 찾았다는 겁니다."

"그러면 5톤이 비는 건데……."

다급하게 도망가다 보니 10톤 중에서 5톤만 가지고 간 거라는 거다.

"일단 공항과 항구는 모조리 막아 두고 있습니다."

"별 소용 없을 겁니다."

"네? 어째서요?"

"그놈들이 그걸 가지고 도망갔다면 그건 끝장을 보겠다는 의미입니다."

만일 그들이 그걸 두고 도망갔다면 교전이 벌어지는 사이에 일본을 벗어나려고 했다고 판단했을 것이다.

　하지만 이미 그들은 테러를 저질렀고, 특히나 아사토의 경우는 광신에 빠져 스스로 신이라 주장하면서 테러를 벌였다.

　딱 자기 아버지와 똑같은 상황.

　"그에게는 두려움이 없을 겁니다."

　스스로가 신이라고 생각한다.

　그렇기 때문에 그에게는 사후 세계에 대한 두려움도 없다.

　당연히 그의 손에 죽을 사람에 대한 미안함도 없다.

　그는 신이기에, 인간의 생사여탈권을 쥐고 있으니까.

　"이 미친놈이 어디로 갔을까요? 역시 지하철역이나⋯⋯."

　"일단 그 집으로 가지요."

　"근처에 헬기장이 있습니다. 헬기를 타고 움직이지요."

　노형진은 고개를 끄덕인 뒤 헬기장으로 향했다.

　그리고 헬기에서 간단한 방사능 차폐복으로 갈아입으면서 어떻게든 흔적을 생각해 보려고 했다.

　'그놈들은 다급하게 도망갔어. 그런데 어디로? 5톤이라⋯⋯ 확실히 많은 양이야. 하지만 반대로 그 가스를 살포하기도 힘들지. 스프레이를 이용해서 뿌릴 수가 없으니⋯⋯.'

　물론 차를 끌고 다니면서 무차별적으로 뿌릴 수도 있다.

　하지만 거기에는 문제가 있다.

　독가스를 개봉하는 순간 가장 먼저 발생하는 피해자는 바로 그걸 개봉하는 사람이라는 거다.

'물론 방독면이 있다면 이야기가 달라지겠지만.'

그렇다고 해도 충분한 피해를 입히기는 힘들 것이다.

온 도시를 돌면서 마구 가스를 뿌릴까?

'하지만 그렇게 가스를 뿌리면 효과가 약할 텐데.'

독가스가 효과를 발휘하는 곳은 밀폐된 공간이다.

물론 도심에 뿌리는 것도 가능하지만 다른 건 몰라도 일본은 이런 경고 시스템은 잘되어 있다.

지진이 터지면 2분 안에 전 국민에게 문자가 발송되는 나라가 일본이다.

그러니 문자로 큰 도로 주변으로 나가지 말라고 하면 거의 소용이 없다.

더군다나 가스를 고압으로 뿌리는 게 아니고 길바닥에 뿌리는 방식이라면, 가스가 기화해서 사람들을 죽이는 속도보다 그들이 뛰어서 안전 지역으로 가는 속도가 더 빠르다.

가스의 투사체가 중요한 이유가 그거다.

가능하면 빨리 그리고 넓게 퍼트리기 위해서다.

바람이 심하게 부는 공간이 아니라면 뛰어서 도망갈 수도 있으니까.

"도착했습니다."

노형진은 헬기에서 내려서 집으로 향했다.

원래는 돈 있는 사람이 살던 집인 듯 3층으로 번듯하게 지어진 집이었고, 지하 주차장에 셔터까지 달려 있었다.

"가스는 이 아래에 있습니다."

"가스는 나중에 확인하지요. 어차피 본다고 해도 제가 여기서 뭘 할 수는 없는 노릇이고."

노형진의 말에 딕슨은 노형진을 데리고 건물 안으로 향했다.

그리고 그곳에서 노형진은 혀를 끌끌 찼다.

각 층마다 상황이 달랐는데, 1층은 이불이 대충 쌓여 있었고 2층은 방마다 한두 사람이 쓰는 수준이었다.

다만 3층은 흔적을 봐서는 누군가가 통째로 쓴 듯했다.

"3층이 아사토의 방이었던 것 같군요."

"그렇게 의심하고 있습니다. 어떻게 아셨습니까?"

"그거야……."

노형진은 구석에 있는 휴지통을 가리켰다.

거기에는 콘돔으로 보이는 물건들이 지저분하게 들어가 있었다.

"이 상황에서 오입질하는 놈들은 보스거든요."

"아, 그런……. 저희는 서류를 한참 뒤져서 확인한 건데요."

딕슨은 혀를 내둘렀다.

자기들은 서류를 확인하고 나서야 아사토의 방이라고 확신했는데 노형진은 쓰레기통 하나만 보고 확신하다니.

"서류요? 어디 보죠."

노형진은 그 서류로 눈을 돌렸다.

그걸 읽으면서도 노형진은 혀를 끌끌 찼다.

"아무래도 진짜로 거래하려고 하려는 놈들이 많았나 봅니다."

"그러니까 저희가 이 고생을 하는 거지요."

각 조직에서 독가스를 구입하려고 의사를 타진한 내용이 적힌 서류뿐만 아니라 대금과 판매 방식까지 적힌 서류도 있었고, 그 외에도 선박으로 어떻게 옮길지에 관한 서류도 있었다.

"판매에 관한 서류가 중요하기는 하지만 아사토가 가지고 도망간 가스를 해결하는 게 우선입니다."

"비슷한 정보는 없습니까?"

"비상 연락망이나 비상시 행동 요령 같은 건 있습니다만……."

하지만 그 내용 자체는 사실 심플하다 못해 무식할 정도였다.

결사 항전.

그게 아사토가 신도들에게 내린 명령이었다.

"여기에 있던 신도들은요?"

"대부분 도주했습니다. 아사토와 같이 움직인 것 같습니다만."

"흔적은 못 찾았지요?"

"일본 정부가 예산 문제로 이쪽 지역의 CCTV나 다른 감시 시스템을 모조리 꺼 버려서……."

노형진은 슬쩍 서류를 뒤적거리면서 기억을 읽었다.

하지만 그 안에 비상 상황에 대한 대응책은 들어 있지 않았다.

그들은 가스를 판 돈으로 세력을 불릴 생각만 하고 있었다.

'그러면 다른 기지가 발견되는 것은 예상하지 못한 상황이라는 건데…….'

통신을 받고 기지가 드러났음을 알게 되자마자 바로 이곳에서 최소한의 양만 가지고 탈출.

'대충 그렇게 그림이 그려지는데.'

노형진은 아무것도 없는 방 안을 둘러보다가 입맛을 다셨다.

'아사토는 예상하지 못한 상황에서 어쩔 줄 몰라 하고 있었어. 자신이 숨어 있는 곳을 찾지 못할 거라 생각했는데…….'

하긴, 버려진 이 넓은 영역에서 모든 집을 제대로 수색하는 건 어려운 일이니까.

미국식의 헬기를 동원한 열화상 감지가 아니라면 인력으로는 찾는 게 쉽지 않았을 것이다.

'그러나 연락을 받고 일이 틀어졌다는 걸 알았지. 어쩌면……일이 이렇게 될 걸 알았을지도 몰라.'

상식적으로 일이 이 지경이 되면 좋은 꼴을 보면서 물러나는 건 불가능해진다.

일본 정부가 얌전히 물러날 리 없으니까.

설사 일본 정부가 물러난다고 해도 미국 정부는 결코 물러나지 않을 것이다.

자국이 위험해지고 전 세계에 가스 테러가 벌어지는 꼴을 바라지는 않을 테니까.

'결국 승리할 자신은 없는 상황. 그나마…… 가스를 통에 넣는 것도 힘들어지겠지.'

그 방법이 특정된 후로 정부에서는 통에 가스를 넣는 장비에 대해 철저하게 감시를 붙이고 있었다.

전에는 인터넷에서 주문하면 장비를 구입할 수 있었지만, 지금은 장비를 사기 위해서는 사업자 등록증을 제시하고 경찰에 신고까지 해야 하는 상황으로 바뀌었다.

그러면 중고로 사야 한다는 건데, 정부에서는 중고 역시 감시 대상으로 삼고 있고 아무리 일본 사람들이 생각이 없다지만 중고로 파는 물건이 위험하게 사용될 수 있다고 생각하는데 아무에게나 팔 리는 없다.

가스 테러는 이미 벌어졌고 스프레이를 사용한 테러인 것까지 드러났으니, 그걸 아무 생각 없이 거래할 사람은 없다.

"여기에 트럭이 있었던 모양이군요."

노형진은 위층에서 내려와서 천천히 지하 주차장으로 향

했다.

그리고 그곳에서 빈 공간을 보면서 상황을 추론하기 위해 노력했다.

'다른 기지가 걸렸다. 폭격 사실은 몰랐겠지만 그래도 당하는 건 필연. 당연히 이곳도 시간이 없다. 아니, 제대로 추적이 붙었으니 죽음은 피할 수 없다.'

노형진은 아사토의 입장에서 생각하면서 주변을 둘러봤다.

'하지만 나는 교주이자 신이다. 일을 하면서 내가 더럽게 힘쓸 수는 없지.'

따라서 아사토가 직접 가스를 옮기지는 않을 것이다.

'그러면 다른 신도들을 시켜서 나르게 했을 것이다.'

그렇다면 신도들이 가스를 나르는 것을 지켜볼 수 있는 곳은 어디일까?

그걸 제대로 바라보면서 시킬 수 있는 곳.

그리고 몸을 기대어 편하게 있을 수 있는 곳.

'여기군.'

벽에 붙어 있는 작은 선반.

거기에 기대어서 명령하는 아사토가 그려진다.

노형진은 그 선반에 살짝 손을 올렸다.

그러자 거기에서 기억이 물밀듯이 들어왔다.

"빨리 움직여!"

아사토는 소리를 지르고 있었다.

그리고 사람들은 짐을 옮기고 있었다.

차량 번호가 보인다.

'일단 번호는 내가 말해 줄 수도 없고.'

기억을 읽었다고 말할 수는 없는 노릇이니까.

"교주님, 남쪽 신전과의 연락이 두절되었습니다. 당한 것 같습니다."

"어쩔 수 없지. 그들이 이쪽으로도 오고 있을 것이다. 나머지는 버려두고 바로 이동한다."

아사토는 아깝다는 표정으로 주변을 둘러본다.

그 모습을 보며 노형진은 혀를 끌끌 찼다.

'미친놈들.'

그들은 이걸 인양하기 위해 강제로 두 척의 배를 빼앗았다.

그 과정에서 선장과 선원들을 죽여서 바다에 던져 넣었다.

그리고 구형 잠수복, 그러니까 공기호스를 연결하는 잠수복을 이용해서 해저에 있는 가스를 건져 올렸다.

확실히 그런 완전히 구형인 잠수복이라면 물과의 접촉을 막을 수 있을 테고, 혹시 모를 오염 물질도 막을 수 있을 테니까.

"교주님, 어디로 가야 할까요? 다른 신전으로 가야 할까요?"

"아니, 그들은 숨겨진 신전을 찾았다. 다른 신전들 역시 안전하지 못하다고 봐야 해."

"하지만 이대로는 우리 모노스의 역사하심이……."

"걱정하지 마라. 모노스께서 우리를 돌봐 주신다. 우리는 그분의 말씀을 전하기 위해 움직인다. 우리가 갈 곳은……."

그 순간 끊어지는 기억.

기대고 있던 아사토가 일어난 것이다.

하지만 그 와중에 단 한 단어가 노형진의 머릿속에 들어왔고, 노형진은 너무 놀라서 손이 부들부들 떨렸다.

"이런 미친 새끼!"

베이징이나 도쿄에서 저지른 것과는 비교도 못 할 정도의 미친 짓을, 아사토는 생각하고 있었다.

⚖

"수도요?"

"그렇습니다."

"어떻게 아십니까? 아니 수도라니, 서류에는 그런 게 없었는데……."

"그래서 저는 거기를 의심하는 겁니다. 어차피 도시에 뿌려 봐야 피해자는 고작 몇백 단위로 끝날 겁니다. 재수 없으면 순찰 중인 경찰에게 걸려서 제대로 힘도 못 써 보고 죽을 수도 있고요."

"그건 그렇지요."

"그런데 수도라고 하면 경비가 있습니까, 뭐가 있습니까?"

"으음……."

국가의 기간 시설이기는 하지만 수도가 또 핵심 보호시설인 것은 아니다. 당연히 그곳에 제대로 된 병력이 있을 리가 없다.

"그런 수도에 가스를 밀어 넣는다면 어떻게 될까요?"

노형진의 말에 딕슨은 얼굴이 핼쑥해졌다.

물에 섞여서 타고 들어가는 5톤의 가스.

애초에 가스가 기화하기 전에는 액체 상태인 만큼 섞이는 건 어려운 게 아닐 테고.

"그 자체가 독극물이 되겠군요."

사람을 죽이는 데 필요한 양은 고작 0.1그램 단위다.

그곳에서 희석된 독극물은 수도를 타고 도시로 들어갈 것이다.

"이 시간이면……."

컴컴한 밤. 조금 있으면 아침이 온다.

그러면 일본 사람들은 세수하고 머리를 감으며 아침을 준비할 것이고, 어머니들은 수도에서 물을 받아서 밥과 음식을 준비할 것이다.

조금이라도 타이밍이 잘못 맞아떨어진다면…….

"몇백만 명이 죽을 겁니다."

CIA답지 않게 딕슨의 목소리가 심하게 떨려 왔다.

"막아야 합니다."

"일본군 자위대는 뭐랍니까?"

"이미 출동했습니다."

그나마 다행인 것은 영화처럼 여러 개의 시설 중 하나만 찍어서 갈 필요는 없다는 거다. 그건 영화의 극적인 장치를 위한 것일 뿐이니까.

사건이 벌어지자마자 자위대가 번개같이 튀어 나갔다는 것이 다행이다.

"우리도 움직여야지요. 어디로 갈까요?"

"가장 가까운 곳으로 가지요."

"가장 가까운 곳요?"

"우리가 그들의 기지를 습격한 건 갑작스러운 상황이었습니다. 당연히 그 상황에서 다급하게 뭔가 하려고 한다면 무조건 가까운 곳으로 가려고 했을 겁니다."

"그렇겠군요."

딕슨은 바로 신호를 줬고, 노형진과 딕슨이 탄 차량은 빠른 속도로 달려가기 시작했다.

"서둘러!"

"해가 떠 온다!"

수도 시설은 여러 곳에 많다.

그중 한 곳에 차량이 서 있었고, 몇몇 사람들이 간단한 방호복을 입고 방독면을 쓴 채 무차별적으로 물속에 뭔가를 들이부어 대고 있었다.

"교주님, 내부까지 청소가 끝났습니다."

"다른 곳에 전화하거나 한 놈은 없지?"

"없습니다. 다행히 시간이 시간이라서요."

늦은 밤이다 보니 여기에 있는 것은 야간 근무를 하는 경비원과 숙직 담당자뿐이었다.

그들은 이미 머리에 구멍이 난 채로 바닥에 나뒹굴고 있었다.

"빨리 움직여라. 모노스께서는 더 많은 제물을 원하신다."

아사토의 말에 더욱 빠르게 움직이는 사람들.

그들의 눈에 이번 일로 죽을 사람들에 대한 미안함이라고는 한 줌도 없었다.

"너무 오래 있지 않는 게 좋을 것 같습니다."

"그런가? 하긴, 우리도 만일에 대비해야지."

그렇게 말하면서 아사토는 고개를 돌려서 트럭을 바라봤

다.

그 와중에 건져 온 것은 고작 5톤의 가스뿐이었다.

그중 1톤은 이곳에 뿌렸다.

"하긴, 뭐든 쥐고 있어야 일본 정부가 찍소리 못 하겠지."

이번에 제대로 당하고 나면 일본 정부는 아무런 말도 못 할 거라 생각하면서 아사토는 고개를 끄덕거렸다.

"좋아. 그 통을 마지막으로 하고 바로 이동한다. 안가는 제12번 안가로 한다. 일반 신도들은 모르는 곳이니까 자위대나 미국 놈들도 접근하지 못할 거야."

아사토는 그렇게 말하면서 트럭으로 가려고 했다.

그 순간 저 멀리서 들려오는 커다란 바람 소리에 고개를 돌렸다.

하지만 이내 그게 바람 소리가 아니라는 것을 알아차렸다.

"헤, 헬기다!"

누군가의 고함. 그리고 그 헬기는 아래쪽으로 강하게 라이트를 쏴 대고 있었다.

"젠장! 어떻게 벌써!"

아사토는 눈이 돌아갔다.

그들이 여기에 어떻게 벌써 왔는지 모르지만 상황이 틀어졌다.

"쏴 버려! 떨궈!"

헬기를 향해 무차별적으로 총을 갈기는 신도들.

하지만 헬기에 탄 자위관들도 바보가 아니다.

재빨리 고도를 올리고 아래를 향해 무차별적으로 사격하기 시작했다.

타타탕!

사방에 울리는 총소리.

거기에다 헬기는 한두 대도 아니었다.

온 하늘에서 총을 쏴 대니 얼마 되지 않는 신도들은 비명을 지르면서 쓰러질 수밖에 없었다.

"막아! 막아라!"

아사토는 미친 듯이 비명을 질렀지만 사격을 막을 방법은 없었다.

"커억…… 교주님……."

가장 가까이에 있던 측근이 피를 토하면서 쓰러지자 아사토는 순간적으로 정신이 번쩍 들었다.

여기서 죽으면 의미가 없다.

그런 생각이 든 그는 다급하게 가스가 실린 트럭에 올라탔다.

"교, 교주님! 끄아악!"

그걸 보고 함께 도망가려고 하던 신도 한 명이 벌집이 되어서 쓰러졌다.

아사토는 그쪽은 바라보지도 않고 무조건 액셀러레이터를 밟았다.

"자, 잠깐! 안 돼!"

허공을 향해 총질하던 신도 한 명이 그대로 차에 치였다.

피가 트럭 위로 확 뿜어졌지만 아사토는 멈추려고 하지 않았다.

"사격 중지! 저건 가스다! 쏘지 마!"

"하지만 도망가면……!"

"그래도 어쩔 수 없어! 지금 이쪽도 오염 천지인데 더 오염시키면 어쩌자는 거야!"

자위관들은 가스가 실려 있는 트럭에 차마 총질은 하지 못하고 따라갈 수밖에 없었다.

"절대 놓치지 마라!"

"취수장은 다른 팀에 맡겨! 애초에 우리가 내려가 봐야 할 수 있는 건 없어!"

⚖

수도 시설은 화학대가 와서 제독 작업을 하기 전에는 절대 접근해서는 안 되는 곳이 되었다.

부아앙!

요란한 소리를 내면서 달리는 트럭.

뒤를 따라오는 헬기는 떨어질 생각을 하지 않았고, 그곳에서 나오는 빛은 마치 아사토를 지옥으로 밀어 넣는 것 같았다.

"젠장! 젠장!"

아사토는 끊임없이 욕을 하면서 액셀을 밟았다.

그러던 어느 순간 갑자기 차가 휘청거렸다.

그와 동시에 들리는 소리.

퍼퍼퍼펑!

누가 들어도 타이어가 터지는 소리였다.

"어어어?"

갑자기 타이어들이 모조리 터져 나갔기 때문에 차는 옆으로 기우뚱하더니 그대로 쓰러졌다.

"아악!"

엄청난 충격이 덮치자 아사토는 신음을 냈다.

"끄응…… 아니, 왜…… 헉!"

그러나 곧 그는 이 차에 뭐가 실려 있는지 깨달았다.

"아, 안 돼!"

만일 하나라도 깨지면 곱게는 못 죽는다는 생각에 아사토는 다급하게 벨트를 풀고 트럭에서 기어 나왔다.

그리고 휘청거리면서 빛을 피해 어둠 속으로 도망쳤다.

하지만 그의 도주는 오래가지 못했다.

"이런 개새끼!"

어둠 속에서 갑자기 튀어나온 주먹이 그의 얼굴을 정면에서 후려쳤던 것이다.

"크아악!"

비명을 지르면서 바닥에 쓰러지는 아사토.

그리고 그 주먹의 주인, 노형진은 아사토의 멱살을 잡아 올려서 한 방 더 먹여 줬다.

"이 씹 새끼야! 심장이 쫄깃해졌잖아!"

노형진이 하는 말은 농담이 아니었다.

그들이 가는 방향으로 아사토가 도망치고 있다는 말에 딕슨은 차를 세우고 바로 차량 차단기를 설치했다.

CIA의 차량에는 비상용으로 가지고 다닌다면서 말이다.

거기까지는 좋았는데, 트럭의 타이어가 터져 나가면서 휘청거리다가 넘어가자 노형진뿐만 아니라 모든 요원들이 기겁해서 반대쪽으로 뛰어야 했다.

하나라도 터졌다가는 모조리 죽을 테니까.

아사토는 자신이 금방 일어난 줄 알고 있지만 사실 그는 차 안에서 20분 넘게 기절해 있었고, 일어나자마자 다급하게 차에서 나와서 하필이면 노형진 일행이 도망친 방향으로 달려왔다.

20분이면 이미 가스가 퍼질 시간이기에 노형진은 다행히 가스가 터지지 않았다는 걸 확신하고 달려오는 아사토에게 그대로 주먹을 날린 것이다.

"미친놈 때문에 이게 뭔 꼴이야."

노형진은 아픈 손을 흔들었다.

헬기에서 내린 자위관은 방독면을 쓰고 곳곳을 살피다가 크게 소리를 질렀다.

"다행히 새는 곳은 없습니다! 안전합니다!"

"흐미, 씨발."

노형진은 안도의 한숨을 내쉬면서, 뭐라고 지랄하는 아사토를 보다가 그대로 발로 다시 한번 면상을 후려쳤다.

"커억!"

아사토는 비명을 지르며 나뒹굴었고, 그제야 노형진은 온몸에서 흐르는 식은땀을 닦을 수 있었다.

"내가 진짜 별짓을 다 한다, 증말."

⚖️

"가스는 다 확보되었습니다. 바다에 있던 가스도 모두 수거해서 소각 작업에 들어갔고요."

사건이 마무리된 후에 찾아온 딕슨은 머리카락에 하얀색이 많이 늘었다, 얼굴도 많이 지친 것 같았고.

하긴, 전 세계적으로 몇십만의 피해자가 발생할 수도 있었던 사건이니까.

"이번에는 미다스의 정보력이 진짜 도움이 많이 되었습니다."

만일 평소라면 CIA가 미다스에게 정보를 요청했을까?

그랬을 리가 없다.

하지만 이번에는 정보를 요청해서 많은 정보를 얻었고, 결국에는 더 큰 피해를 막았다.

"모노스 교단은 어떤가요?"

"말 그대로 발본색원 중입니다. 특히 옴진리교와 관련된 쪽은 없는 죄를 만들어서라도 일단 잡아넣는 모양이더군요."

하긴, 한 번도 아니고 두 번이나 당했으니 일본 입장에서는 눈이 돌아가지 않을 리가 없다.

"그나저나 일본 정부에서는 뭐 다른 말 없었나요?"

"다른 말요?"

갑자기 딕슨이 코웃음을 쳤다.

"있더군요. 이번 사건의 진실을 감추고 테러 배후로 북한을 지정해 주면 안 되겠느냐는 말도 안 되는 개소리를 했습니다."

"북한요?"

"상황이 좋지 않으니까요."

결국 이 모든 일은 일본 정부가 폐기해야 하는 독가스를 폐기하지 않고 감춰 둔 데에서 시작된 것이다.

그걸 그나마 관리라도 잘했으면 모르는데, 바다에 처박아 두고 완전히 잊어버리고 있었으니까.

"피해자들을 모아서 소송을 준비 중인 변호사들이 있더군요."

'그러겠지.'

그리고 그 변호사는 다름 아닌 노형진 측 사람이다.

노형진이 일본이 뭐가 예쁘다고 이 지랄맞은 일을 하면서 이득도 노리지 않겠는가?

"일본 입장에서는 북한 배후설을 외치면서 평화 헌법을 고치고 싶은 모양이지만요."

하지만 미국이 이번 사태에서 일본을 편들어 줄 수는 없다.

노형진과 미다스가 진실을 알고 있는 데다가, 이번에는 미국도 일본 정부에 뒤통수를 맞은 꼴이니까.

"중국에서도 조만간 소송에 들어갈 겁니다."

"그럴 거라고 생각하고 있습니다. 다만……."

딕슨은 말하다 말고 씁쓸한 미소를 지었다.

"일본은 이번 일 이후에도 바뀔 것 같지는 않습니다."

일본 방송에서는 모노스 교단에 관해서는 신나게 떠들고 있었지만 모노스 교단이 독가스를 어디서 구했는지, 그리고 왜 정부가 그들을 놓쳤는지에 대해서는 한마디도 하지 않았다.

"애초에 기대도 하지 않았습니다."

노형진은 그런 딕슨의 말에 피식 웃으며 말했다.

"걱정하지 않으셔도 됩니다."

"네?"

"기대도 하지 않았지만 그만큼 뽑아 먹을 거거든요."

노형진의 말에 딕슨 역시 살짝 미소를 지었다.

"불쌍한 일본을 위해 기도해 줘야겠네요."

"아마 그 기도는 별 효과가 없을 것 같네요, 하하하."

다음 권으로 이어집니다

꿈의 도약, 로크에서 하십시오
(주)로크미디어에서 신인 작가를 모십니다

즐거운 세상, 로크미디어는 꿈을 사랑하고 도전을 두려워하지 않는 작가 분들의 참신한 작품을 기다리고 있습니다. 21세기 장르 문학계를 이끌어 갈 차세대 선두 주자 (주)로크미디어에서 여러분의 나래를 활짝 펴 보시길 바랍니다.

모집 분야 판타지와 무협을 포함한 장르 문학
모집 대상 아마추어 작가, 인터넷 작가
모집 기한 수시 모집

작품 접수 시 유의 사항

1. 파일명은 작가명_작품명.hwp형식을 갖춰 주십시오.
1. 파일에 들어갈 내용은 다음과 같습니다.
   - 성명(필명인 경우 실명을 밝혀 주세요), 연락처, 이메일 주소
   - 제목, 기획 의도
   - A4용지 1장 분량의 등장인물 소개
   - A4용지 2장 분량의 전체 줄거리
   - 본문
1. 작품이 인터넷에 연재되고 있다면, 게시판명과 사이트의 구체적이고 정확한 주소를 기재해 주십시오.

선택된 작품은 정식 계약 후 출판물로 간행되어 전국 서점에 유통됩니다.
작가 분은 (주)로크미디어의 전폭적인 지원하에 전속 작가로 활동하시게 됩니다.
※ 자세한 내용은 로크미디어 홈페이지(rokmedia.com)를 참조하세요.

(03920)서울시 마포구 성암로 330 DMC첨단산업센터 3층 318호
(주)로크미디어 편집부 신간 기획 담당자 앞
전화: 02) 3273 - 5135
www.rokmedia.com   이메일 : rokmedia@empas.com

공작가 장남은 군대로 가출한다

로튼애플 퓨전 판타지 장편소설

멸망이 예견된 대륙에서 벌어지는 신들의 한판 게임!
차원을 뛰어넘어 신들조차 때려잡을 게임 브레이커가 나타났다!
『공작가 장남은 군대로 가출한다』

끝없이 몰려오는 몬스터의 파도를 맞아
최후의 최후까지 버티던 이정후, 아니 제이든 레온하르트
10여 년 전, '신의 게임'이라는 이름하에 이계로 떨어진 후
생존을 위해 발악하였으나
제국 최강의 가문까지 말아먹고 드디어 죽음을 목전에 둔 순간!

> 축하합니다. '이정후' 님께서는
> 갓 게임 베타테스터 중 최후까지 살아남으셨습니다.

……이 모든 일이 베타테스트였다고?

최후의 생존자 특전으로
본게임에서 남들보다 10년 먼저 시작하게 된 제이든
진 대륙을 덮치는 몬스터 웨이브에서
오직 '살아남기 위해' 그가 선택한 길은 바로
대몬스터전 최전방 북부군에 자원입대하는 것!

온 대륙에 멸망의 징조가 나타날 때
군대로 가출했던 그가 돌아온다!
강철의 검과 대륙 최강의 신수(神獸)로 세상을 구원하라!

무림세가 전쟁령1

산보 신무협 장편소설

카카오 페이지를 뒤흔든 화제작!
무협과 네크로맨서의 미친 콜라보!

자타 공인 최강의 사령술사, 불사왕 강태하
길드에 배신당하다!

원치 않은 죽음, 원치 않은 무림행
정체불명의 기억과 혈교에 잡아먹힌 가문
무공 하나 모르는 망나니의 몸까지

"나 아직 안 죽었다!"

부족한 무공은 사령술로 때우고
무인 스켈레톤에서 뽑아낸 무공을 익히며
무림 최강자로 돌아올(?) 강태, 아니 유신운!

언데드의 파도엔 브레이크가 없다!
무공 쓰는 네크로맨서의 화끈한 무림 구원기!